BETLEHEMIN TÄHTIPÖLYÄ

Teemu Paarlahti

BETLEHEMIN TÄHTIPÖLYÄ

Joululehtijuttuja ja niiden johdannaisia

1988-2016

ISBN 9789523394148

Kustantaja: Books On Demand GmbH, Helsinki, Suomi

Valmistaja: Books On Demand GmbH, Norderstedt, Saksa

"JOULULEHTIKÖ VANHENTUNUT MUOTO?"

Otsikon sanat on lainattu *Mäntän Joulu 1997* – lehden pääkirjoituksesta. Ne on kirjoittanut **Pekka Sairanen,** joka toimi tuolloin muutaman vuoden tauon jälkeen henkiin herätetyn lehden päätoimittajana. Kustantajana toimi nyt Mänttä-Seuran sijasta Lions Club Mänttä. Ilahduksekseni sain Pekalta kutsun toimituskunnan jäseneksi. Minun ja Pekan lisäksi siihen kuuluivat **Viljo Hokkanen** ja **Tapio Leppämäki.** Mieleeni on jäänyt hyvä tekemisen meininki. Lehden kuvituksesta vastasi pääosin **Tomi Aho,** sittemmin kuvaamisen ammattilaiseksi edennyt tekijä. Tuona vuonna taitoimme julkaisua *KMV-lehdessä* toimittaja **Kyllikki Ala-Lehtimäki-Jääskeläisen** johdolla. Valmista tuli ajallaan.

Olin mukana myös seuraavat kahdeksan vuotta, kolmasti päätoimittajana. Vuosien 1998, 1999 ja 2001 *Mäntän Joulut* ovat minun kipparoimiani. Vuonna 2001 Lions Club Mänttä siirsi vastuun lehdestä Lions Club Mänttä/Esterille. *Mäntän Joulun* painatuskulut pystyttiin kattamaan paikallisten yrittäjien tuella ja näin myyntitulot voitin kanavoida hyväntekeväisyyteen. Vuonna 2006 lehti ei enää ilmestynyt.

Olin mukana *Mäntän Jouluissa* intensiivisesti, lukuun ottamatta vuotta 2005, jolloin panokseni oli yhden runon suuruinen. Lehti olikin edeltäjiään ohuempi... Kirjoitin itse, ideoin juttuja ja kuvitusta. Istuin kirjapainossa, kun lehteä taitettiin. Istuin ympäri kaupunkia. Monesti huomasin, että minun ei ollut helppo perustella työyhteisössäni, miksi moisessa piti olla mukana. Uskoin silloin, että piti ja uskon vieläkin, että piti.

Syksyllä 2016 vietettiin Tampereen hiippakunnan synodaalikokousta ja siinä yhteydessä toteutettiin "Urbaani pyhinvaellus". Se tarkoitti, että osanottajat hajautuivat pienempiin ryhmiin jaettuna ympäri Tamperetta erilaisten yhteistyökumppanien luokse. Ideana ei ollut kirkon "jalkautuminen" tai muu liperikallemanöverointi, vaan tarkoituksena oli lähteä tekemään yhdessä ihmisten kanssa jotakin merkityksellistä. Lopulta elämästä nousevaa teologiaa. Ei niinkään vaikuttamaan kuin vaikuttumaan. Toimiessani hiippakunnan puolesta Pirkkalaiskirjailijat ry:n kanssa toteutetun runopajan vetäjänä – itse pajatyöskentelyn johtivat kirjailijat **Risto Ahti, Kirsti Kuronen** ja **Tuija Välipakka**, joiden hyvässä ohjauksessa osaa ottaneet papit ja diakonit kirjoittivat upeita tekstejä – tunnistin pyhiinvaelluksessa joululehden tekemisestä tuttuja asioita. Vaikuttumista, yhdessä olemista ja tekemistä. Monta tärkeää hetkeä, joita en avaa tämän enempää enkä voisikaan. Kiitos siis kaikille, joiden kanssa vuosien mittaan lehtiä tehtiin. Erityisesti haluan tässä mainita Pekka Sairasen, **Juha Itkosen, Markku Viitalan, Eero Pirttijärven ja** Tomi Ahon **ja Hilkka Pirisen**. Nimeämättä jääneet eivät ole tässä lueteltuja vähäisempiä.

Vuoden 1998 *Mäntän Joulun* tekeminen on jäänyt erityisesti mieleeni. Lehden ollessa vielä kovasti tekijöissään puolisoni sairastui vakavasti. Suurin osa syksystä on jäänyt mieleeni jotenkin epätodellisena jaksona, varmasti siihenastisen elämäni vaikeimpina viikkoina. Mieleen levittäytyi huoli ja murhe. Sen alla piti huolehtia kolmesta alle kymmenvuotiaasta lapsesta, virkatyöstään ja itsestään. Sen lisäksi piti tehdä Mäntän Joulu. Yhdessä toisten kanssa, mutta päätoimittajan jakamattomalla vastuulla. Lehti tuli valmiiksi. Siinä sivussa opin jotakin siitä, mitä on todellinen ystävyys.

Mäntän Joulun lisäksi olen kirjoittanut ajan saatossa useita juttuja sekä Ruoveden että Vilppulan joululehtiin. Haluan tässä mainita Vilppulan Joulun osalta pitkäaikaisen yhteistyökumppanini, kotiseutuneuvos **Raija Auvisen,** joka on kannustanut minua kirjoittajana ehkä enemmän kuin on tiennytkään. Ruoveden suunnalta haluan mainita erikseen **Tapani Uusiniityn** ja **Veikko Önkin,** oivia kotiseutumiehiä kumpikin. Ilman Veikon erinomaista arkistointia ja viitseliäisyyttä pari tämän kirjan juttua olisi kaiken lisäksi jäänyt löytymättä.

Otsikon kysymys jää retoriseksi. Oma vastaukseni siihen on ilmeinen. Kun tätä kirjaa varten kahlailin läpi takavuosien joululehtiä, ne näyttäytyivät sen kaltaisina runsaudensarvina, ettei paremmasta väliä. Kotiseutuhistoriaa, ihmisten elämäntarinoita, runoja, merkittäviä valokuvia ja vaikka mitä. Vaikutuin mieleeni palautuvasta. Itselleni joululehdet ovat tarjonneet tärkeän kanavan saada kirjoittamaansa julki. Ja motiivi kirjoittaa, kun on ollut, mitä varten kirjoittaa.

Joskus 2000-luvun puolivälissä suunnittelimme Pitkäniemen sairaalan silloisen ylihoitajan **Mirja Kurosen** kanssa jouluaaton juhlajumalanpalvelusta. Mirja puki sanoiksi jotakin, joka oli olemassa myös omissa ajatuksissani, ja joka sopii soveltaen myös joululehtiin. Sairaalamaailman konkari totesi vapaalla kädellä siteeraten näin: *"Maailmassa niin moni asia muuttuu. Jospa Pitkäniemen sairaalan joulukirkko olisi yksi, joka ei hirveästi muutu."* Perinteinen, painettu joululehti ei koreudessaan ja ketteryydessään vedä vertoja digiajan virityksille, mutta siitä huolimatta sillä on arvokas paikkansa juhlan vietossa.

Tähän kirjaan on koottu kirjoituksiani neljältä vuosikymmeneltä. *Joululehtijuttuja ja niiden johdannaisia.* Niiden kirjo ulottuu saarnasta hulvattomaan tarinointiin, asiaproosasta runoihin. *Wikipedian mukaan johdannainen on rahoitusinstrumentti, jonka taloudellinen arvo perustuu jonkin toisen arvopaperin, indeksin, valuutan, hyödykkeen tai oikeuden arvoon.* Mitä termi tarkoittaa tämän kirjan yhteydessä – vastauksen siihen jätän valistuneen lukijan löydettäväksi.

Totean vielä, että tässä julkaisuissa mukana olevissa fiktiivisissä kertomuksissa ei kuvata todellisia henkilöitä. Minä en ole Nieminen, Virtanen ei ole kukaan tietty Virtanen ja niin edelleen. Tapaukset ovat kehittyneet omassa päässäni eikä niihin ole muilla tekijänoikeuksia. Sanon tämän ihan varmuuden vuoksi, kun jotain olen matkan varrella elämästä oppinut.

Mäntässä, joululehtiaikaan 2016

Teemu Paarlahti

SYYS

Taas on syksy

niin kuin siellä

minne synnyin ennen aikojani,

omenapuut raskaana

ja kuka tietää, mihin se johtaa.

Lehdet ovat täynnä

hyvää ja pahaa, sitä mukaa

kun vihreä karkaa

ja nurmikko käy öisin jäykäksi

käännän odotuksesta uuden sivun.

Taas on syksy

niin kuin siellä minne synnyin,

yksi kesä mennyt

Moskovan metrossa

Syvärillä

Kotiniemellä

piirtänyt oudolla kielellä

elämänmerkkinsä.

Kohta sataa

lunta ja joululauluja

ja kuka tietää, mihin se johtaa.

"LYLYSTÄKIN HALUAMME JUNAAN"

Alkusyksyisen aamun kirpeys on kohottavaa. Ei ole vielä niin kylmä, että auton tuulilasiin pitäisi raapia aukko, mutta kesän venyttely on jäänyt taakse ja loppukesään usein liimautuva enteellinen tunnelma poissa. Tänään on alkusyksyinen aamu. Yöllä taivaista lirunut vesi on pisaroinut harmaan ajokkini pinnan ja tehnyt siitä jotenkin itseään arvokkaamman näköisen. Vedentulo on nyt hiljennyt sumumaiseksi tihuutukseksi, joka muokkaa maiseman pehmeäksi. Painan avaimen syrjää ja vilkut välkähtävät. Kello käy kohti puolta seitsemää.

Istuudun autoon ja napsautan turvavyön kiinni. Moottori vastaa nöyrästi ensimmäiseen yritykseen. Kojetaulun lämpömittari osoittaa kuutta. Sysään vaihteen pakille ja peruutan pihasta. Katu on hiljainen. Jopa liian. Aamukanto on tänään perälaudassa ja lehti jäänyt selaamatta aamukahvia hörppiessä. Vaikka eihän siitä juuri muuta enää tule luettua kuin sarjakuvat – uutiset ovat jo olleet verkossa.

Käännyn pääkadulle kohti kaupungin ainoita liikennevaloja. Kukaan ei vielä puhaltele lehtiä, ne helvetinkoneet liittyisivät orkesteriin vasta kypsemmällä syksyllä. Joku varhainen työhön menijä polkee vastaan, muuten raitti näyttää pysäytyskuvalta. Runsaan tunnin kuluttua sitä virtaisivat koululaiset. Linja-autot kurvaisivat Ratakadulle pudottaakseen väen Osuuspankin takana olevan tyhjän tontin sivulle. Kaikki pantaisiin muutenkin käyntiin. Minä olisin silloin jo muualla.

Taajama jää taakse vaihtuakseen kohta uuteen. Siinä välillä vastaan tulee jononpoikanen. Joku pyrkii skootterilla itään. Hopunmäen alla lämpötila valahtaa kolmeen. Radan varressa kököttää asema, nyt tietysti jo tyhjänä. Juna kuitenkin pysähtyy – tai näin aamuisin se lähtee täältä. Sikäli kuin sitä saattaa sanoa junaksi: siitä puuttuu

12

Tampellan äidillinen jytinä ja raskaan raudan voima. Ennemminkin kuin juna se on joko yhdestä tai kahdesta yksiköstä kokoon pantu kaalimato. Ei siis mikään tarunhohtoinen Meksikon pika. Tosin kaalimadot ovat aina kiehtovia. Ainakin pienet toukat.

Parkkeeraan P-merkistä vasemmalle ja kävelen junaan. Paikkoja on valittavaksi. Viimeistään Orivedeltä kansaa olisi kuitenkin mukavasti.. Osa ihmisistä käy edelleen töissä. Ennen Orivettä kyytiin pääsee Juupajoelta. Lylystä ei pääse.

Olen ajoissa, mutta en ylenpalttisesti. Minuutti, toinen ja kolmas. Sitten nytkähdämme matkaan.

Kiskobussi työntyy maisemaan, jossa vaihtelevat pelto, lammet ja loputtoman oloinen pöpelikkö. Siellä täällä näkyy taloja. Tunnen itseni lähes tirkistelijäksi: maailma näkyy junan ikkunasta jollain tavoin väärästä suunnasta ja takaoven kautta. Vihreä valtaa alaa, maisema radan varressa ei avaudu, vaan sulkeutuu. Tästä kiskot ovat kulkeneet reilusti toista sataa vuotta. Halkaisseet maan. Ihmissusien maan, käy mielessäni...Pellot ovat jo sängellä puinnin jäljiltä. Junassa oppii kaikenlaista, ja tänä vuonna olen tullut tietämään punahomeen kiusanneen viljaa. Rypsin kimpussa taas on häärinyt pahkahome. Olen kuullut tämän eräällä työmatkalla vähän ennen Tikkurilaa. Kuuntelen näitä puheita mieluummin kuin kännykkään suollettua selontekoa miesystävän käräjistä, joista ei saa sitten puhua kenellekään tai kuvausta koulutuspäivillä samaan hotelliin sattuneesta miehestä, jolla oli niin ihanat viikset.

Yhtäkkiä vauhti hidastuu. Nykimistä. Lyly, edessä häämöttää uusiokäytössä oleva asemarakennus, josta muistan joskus 90-luvulla ostaneeni leipäkoneen. Radan varressa paikallisten ihmisten mielenilmauksena kyltti, jossa on teksti: "Lylystäkin haluamme junaan".

Sitten kaikki pysähtyy. Värit muuttuvat. Puristaa. Katson ympärilleni. Ihmiset istuvat siinä, missä äskenkin, mutta silti kaikki on jotenkin toisin. Äänet ovat poissa.

Kylmä. Jonkin läsnäolo. Puristaa. Aika katoaa. Juna seisoo. Tämä on Lyly.

En osaa sanoa, kuinka kauan jökötämme paikoillamme. Kymmenen sekuntia, kaksi minuuttia? Miten mitataan aikaa, kun se on kadonnut? Sitten nytkähdys. Toinen. Mennään taas. Juna kulkee, mutta ympärilläni oleva pysyy paikoillaan. Kaiken kattaa toiseuden tuntu.

Kylmä väreilee piissäni. Muistan, että tästä on vain kohtuullinen luku kivenheittoja Hyytiälään...

Metsä liikkuu. Korkeakosken vanha asema jää sivulle. Sille isotätini jäivät junasta tullessaan kyläsille kotipuoleensa joskus 1920-luvulla. Sille seisahtui juna, josta setäni nousi samoissa askareissa 1960-luvulla. Tädit haettiin hevosella, setää oli vastassa vaarini paikalle asioima Arposen taksi-Pobeda. Juupajoki. Ihmisiä nousee kyytiin kuin hidastetussa filmissä. Kylmyys pysyy, samoin puristus.

Ja läsnäolo. Jokin on täällä. Jokin junan sisällä on liikkeessä. Vailla lepoa. Yhtäkkiä mieleni miehittää takautuma. Vajaat kymmenen vuotta sitten jouduin sairaalaan saatuani infektion, joka veti voimattomaksi. Tilanpuutteen takia minut kyörättiin yliopistosairaalaan. Lojuin siellä yhden hengen huoneessa kellarikerroksessa sijaitsevalla osastolla. Muistan, miten minulla oli koko ensimmäisen yön tunne, että jokin liikkui huoneessa. Tai joku. Selitin itselleni tuntemuksen johtuvan potilasvuoteen patjasta. Myöhemmin kuulin, että juuri siinä huoneessa kummitteli rauhattomana kuolleen potilaan henki. En tietenkään uskonut aaveisiin, enkä usko nytkään, mutta muistan liikkeen aavistukset ympärilläni. Nyt ne ovat taas tässä.

14

Tuntuu, että ilma loppuu. Rintaa painaa. Mieleni kelaa sydäninfarktin oireita. *Laaja-alainen kipu rintalastan takana. Puristava, "painava", vannemainen kipu, joka voi säteillä olkavarsiin, leukaperiin ja selkään.* Kipu on ankaraa, jatkuu samanlaisena ja nostaa kylmän hien pintaan... Nytkö se tulee? Lääkäri on kehottanut laihduttamaan ja rasvassa uiskentelevat nakit olen toki pudottanutkin ruokavaliostani. Pitäisikö hakeutua Tampereelle päästyään työterveyteen tai peräti Acutaan? Vai soittaa ambulanssi Oriveden asemalle...MITÄ IHMISETKIN AJATTELISIVAT?

Matka taittuu. Orivesi Keskusta. Orivesi. Yhtäkkiä puristus on poissa. Samoin kylmyys. Läsnäoloa ei ole.

Kiskobussi jatkaa kohti Tamperetta. Jossain Suinulan mailla ilmavirta tarttuu siihen ja ravistaa napakasti, kun intercity pyyhältää pohjoiseen. Vähitellen harson takaa puskeva aaurinko vaalentaa vihreän. Sitten vasemmalla näkyy Motari, Tampereen järvistä kaunein. Kaupunki imee maakunnasta omansa. Juna pysähtyy tutulle raiteelle. Väki purkautuu. Päivä ottaa vauhtia ja jatkuu, kunnes on taas aika nousta junaan. Kaalimatoon. En tilannut ambulanssia. En mennyt Acutaan. Puristus unohtuu.

Havahdun. Pesuhuoneen viemäristä kuuluu pulputusta. Se tuntuu joskus viettävän omaa elämäänsä. En ole junassa matkalla Tampereelle, vaan saunan lauteilla Mäntässä. Olen siemaillut maltaista ja heitellyt harvakseltaan löylyä. Vaarivainaan tyylillä. Sähkökiukaan anti on tietysti

kuin silitysraudalla sivelisi, mutta siihen täytyy näin kaupunkioloissa tyytyä. Aika on ollut laadukasta, olut virolaista, kavala maailma kaukana. Mistään ei ole puristanut. Siinä sivussa pääni on kuljettanut minut omaan maailmaansa, jossa matka on sujunut oudossa seurassa, mutta kuin kiskoilla. Kaalimadolla… Jotakin retkestä on jäänyt jäljelle. "Lylystäkin haluamme junaan."

On alkusyksyn ilta. Siinä on jotakin kohottavaa.

JONAKIN ALKUSYKSYN ILTANA

Jonakin alkusyksyn iltana olen siinä. Talon verannalla, lännen puolella. Olen ja maalaan taulua. Toivon, että siitä tulee hyvä.

Ensin maalaan itse talon, noin ikäiseni. Monien kerrosten tuvan, vuosikertojen kyllästämin seinin. Etelää ja itää katselevat ikkunat, koirankynnen raapaisut etuoveen. Ehkä kiehkura savua piipun päähän olisi paikallaan, en tiedä. Kamiina on ikänsä ollut huono vetämään.

Sitten laadin miehen. Hän astelee alas rinnettä Kekkoskyläntielle koppa käsivarrellaan. Hänen ikänsä on yhdentekevä, mutta sieneen, sinne hän on aikeissa. Siinä hän on, halusinpa tai en – ilman sienikoppaa en tauluani tee.

Seuraavaksi luon tyttären. Värin täytyy olla kirkas, se puhuu niin paljon. Häneen on saatava liikettä, vihertävä peruskarakteeri tungettava esille. Vaikka kuokalla tai lapiolla.

Nyt panen kuvaan taas miehen, erilaisen ja nuoremman kuin kopankantaja. Ettei vain olisi tyttärelle merkitty. Talon historia tulee tarvitsemaan hänet.

Ja taas nainen, äiti. Pullantuoksun väriä en löydä, mutta tiedän sen kuuluvan kuvaan. Hahmottelen hänet jonnekin vähän sivummalle. Syrjäiseksi, mutta kauniilla vedoilla, ohittamattomaksi.

Mietin, luonnostelisinko itsenikin jonnekin, ehkä halkopinon ja saunan väliin. Sillä saunan minä myös teen. Kyllästetyn, helppohoitoisen. Ehkä kuitenkin hallitsen kaiken paremmin kuvan ulkopuolelta. Kätkeydyn järvelle viettävään sekametsään. Piilotan sinne itseni ja hänet, jonka kanssa tulen nostamaan laiturin monena syksynä.

Mitäpä tästä taulusta enää puuttuu - **Juice Leskinen?** Mies, joka vuonna 1978 laati profetiansa, *Jäminkipohja Boogien.* Seuraavana keväänä koppamies juoksi kallion päältä ja huusi, että nyt se palaa. Mutta pysyköön Juice poissa taulustani, on päässyt niin moniin muihin.

Vilkaisen taivaalle. Tähdet vilkuttavat. Talo narauttaa tyytyväisenä nurkkaansa

Vedän keuhkollisen ilmaa. Nousen ja nitisytän lankkuja mennessäni. Otan syksyn reunasta kiinni ja annan sen kuljettaa minut joulun kynnykselle.

Jonakin joulukuisena iltana olen taas siinä. Talon verannalla, lännen puolella. Olen ja maalaan taulua. Toivon, että siitä tulee hyvä.

VARSINAISIA ENKELEITÄ

Kiskobussi kolkuttaa

jumalanpalveluksen aikaan

lisää äänikertansa toisintoon Vilppulasta.

Joulupukki saapuu sen värisellä

ja Jeesus

ja kuka vielä tänne jouluksi hankkiutuu.

Jonkun ihmisen poika.

Talven keskelle tulee kesä ja riehakoi

niin kuin olisi juonut kirahvillisen viiniä.

JOKA PAKETILLA PÄIVÄNSÄ

Sitä oli odotettu jo kauan. Kun se sitten tuli, kaikki paikat olivat tukossa. Bensa-asemalla ihmiset päivittelivät keliä - nekin, joilla oli ollut talvirenkaat alla kuukauden päivät.

Lumihiutaleet olivat ehtineet kuorruttaa Sepon Ladan sillä välin, kun hän oli poikennut Siwassa. Eihän hänellä siellä kauaa olisi mennyt, sen verran vähän kahden ihmisen talouteen oli ostettavaa, mutta pari vanhaa työkaveria sellutehtaan ajoilta oli sattunut samaan ovenavaukseen. Jokunen sana oli vaihdettava. Tänäänkin.

Koikkalainen oli kehunut tulleensa vaariksi. Tyttö kuulemma. Ja Savolainen oli lähdössä Tallinnan reissulle muijansa kanssa. Sellaisia olivat pikkukaupungin kuulumiset.

Sepon mielessä hyrisi leppoisasti. Olihan taas se päivä. Siinä puoli seitsemän jälkeen saisi Ladan nokan suunnata naapuripitäjään ja Hokkaslahdelle. Myös Nieminen oli jo varmasti käynyt kaupassa ja ostanut viinerit. Piti vain muistaa ottaa kotoa se kahvipaketti.

Seppo koitti tuulilasin päälle kertynyttä lunta. Se lähtisi siitä kyllä pyyhkimillä, ei tarvitsisi raaputtaa. Hän päätti kurvata vielä Esson kautta. Bensan hinta oli laskenut pari penniä.

* * * *

21

Nieminen oli puupinolla. Edellisviikolla olivat tuoneet vankilalta seitsemän mottia koivuhalkoa. Puut olivat sopivasti sen verran suuria, että pienimistä riitti. Liiterissä oli runsaasti tilaa siltä ajalta, jolloin talo vielä lämpeni puulla. Viime vuodet oli eletty sähkön varassa, kunnes vaimon toiveesta oli vuosi sitten syksyllä ostettu vuolukiviuuni keittiöön. Siellä oli hormit jo valmiina vanhan puuhellan peruja, niin että pienellä työllä sen siihen oli saanut. Ja mukavahan se oli välillä olla täällä liiterissä, varsinkin kun sai katon alla pieniä.

Oli Niemisellä etunimikin, mutta pelkkä Nieminen hän oli aina ollut. Hän oli aikanaan painanut pitkää päivää naapurikaupungin sellutehtaalla, päässyt sitten saneerausten myötä työttömyyseläkeputkeen ja asusteli nyt vaimonsa kanssa kahteen pekkaan täällä vähän syrjässä, nyt alun kuudetta vuotta Hokkaslahdella. Vaimo kävi vielä kirkolla terveyskeskuksessa töissä, lapset olivat jo maailmalla kaikki kolme.

Tänään Niemisellä oli ollut leppeä olo aamusta alkaen. Oli se päivä. Seitsemän pintaan pörähtäisi punainen Lada pihaan ja sitten pantaisiin viineriksi.

Päivän huipennukselle loi puitteet puolentoista kilometrin päässä Marttilan Ainolla ja Paavolla pidettävä seurakuntailta. Niemisen rouva kun oli kova hyppäämään niissä. Ja mitäpä Niemisellä siihen olisi ollut sanomista, vaikkei itse kirkonkävijöitä ollutkaan. Keskimmäisestä pojasta oli kyllä tullut pappi, siitä huolimatta tai juuri sen takia.

Parikymmentä vuotta takaperin hän oli kyllä eronnut kirkossa. Silloin oli tehtaalla ollut sellainen buumi. Yhtenä perjantaina miehet olivat löysissä puhuneet, että nyt mennään ja erotaan porukalla ja Nieminen lähtee mukaan kanssa. Ja niin sitä sitten marssittiin rehvakkaasti kansliaan. Sen aikuinen rovasti oli kuunnellut miehiä ja sitä kuinka ei muuta kuin veroja kerätään ja mitään ei tarvita, punoittamatta täyttänyt paperit. Miesten tehdessä lähtöä oli sanonut, että ovesta pääsee paitsi ulos, myös sisään. Eläkkeellä oli hänkin jo. Kymmenen vuotta myöhemmin Nieminen oli vähin äänin liittynyt takaisin. Pumpusta oli raapinut ja vaikka tutkimuksissa ei mitään vakavaa löytynytkään, niin sen verran maalla syntynyt ja vanhan kansan mies hän oli, että käveli kuin varmuuden vuoksi kansliaan uudemman kerran. Rovasti oli sillä kertaa ollut lomalla, mutta nuorempi pastori hoiti asian kuntoon. Kysyi vain, että onhan rippikoulu käyty.

Ja olihan Niemiselle kirkosta selvästi hyötyä, kun vaimo olisi tänäänkin niissä asioissa liikkeellä ja poissa tieltä. Ja kun se Sepon rouva kävi kanssa siellä kaupungissa jossakin lähetyksen työpajassa aina tiistai-iltaisin, niin silloin voitiin istuksia heillä.

Nieminen vilkaisi kelloa. Se näytti kymmentä vaille neljää. Hän kopautti vielä pari pienehköä halkoa hellaanmeneväksi ja pisti kirveen paikalleen seinää vasten. Täytettyään punaisen muovilaatikon kukkuroilleen hän painui pihan yli sisälle. Sillä kolmenkymmenen avioliittovuoden jälkeenkin hän rakasti vaimoaan sen verran, että kahvin piti olla valmiina, kun auto kääntyisi pihaan.

* * * *

23

Seppo selasi nopeasti eteisen pöydällä olleen postinipun. Pankin tiliote ja K-raudan mainos, siinä tärkeimmät. Keittiössä laskettiin vettä.

– Laitan sullekin kupillisen, vaikka taidatte juoda illalla siellä Niemisellä, Aila huikkasi eteiseen.

Seppo laski postit takaisin puhelimen viereen, tunki hansikkaat lakkiin ja pisti paketin hattuhyllylle.

– Pistä vaan, en ole juonut aamun jälkeen kuin yhdet Matkahuollolla, hän vastasi napittaen takkiaan auki.

– Ja kyllä vanha peltimaha vetää.

Keittiössä Seppo asettui omalle paikalleen - miten kaksi ihmistä niin tarkkaan osasi paikkansa tietääkin - vilkaisi ensin pihalla hiipuvassa päivässä yhä jatkuvaan lumentuloon ja sitten vaimoonsa.

Aina hän oli omalla karhealla tavallaan vaimostaan pitänyt, rakastanutkin. Kun sellunkeitto ja sen myötä Sepon työt olivat loppuneet, hän oli ollut kuin tyhjän päällä. Oli ollut jotenkin luonnotonta, kun muija kävi töissä ja hän ei. Nyt oli Ailakin jo jäänyt kotiin. Reuma oli pahentunut.

Ihan hyvinhän Aila pärjäsi, kai. Mistäpä Seppo sen niin tarkalle olisi tiennyt eikä osannut kysyäkään. Joskus se nousi yöllä valvomaan, otti pillerin, kaksi. Mutta kotityöt Aila yhä teki. Toisenlainen työnjako olisi ollutkin vain pakosta, sillä Seppo ei ollut tottunut hellahommiin. Kahvit hän osasi kiehauttaa ja lämmittää tarjouksesta ostetun maksalaatikon. Hiljaa mielessään mies toivoi, että heistä kahdesta hän lähtisi ensin. Joskus ajatus nakersi mielessä öisenä pelkona ja liotti unen silmistä. Eikä kysymys lopulta ollut keittiötöistä.

24

– Muistitko sen hylamaidon? Ailan kysymys rikkoi asuntoon hiipineen hiljaisuuden.

-Joo ja näin Koikkalaisen. Mirjalla on kuulemma sitten tyttö, Seppo vastasi vähän ylpeänä siitä, että hänellä oli uutisia.

– Niinhän se Kerttu puhui jo aikaa, että ultrassa oli näkynyt. Pistä se nyt heti jääkaappiin, ettei se taas unohdu kassiin lämpenemään.

Aila laitteli lounaan jäljiltä tiskipöydällä olevia astioita koneeseen, hitaammin kuin joskus ennen. Kahvinkeitin pölläytti höyryä ja päästi pitkän, röpisevän pierun. Vielä hetken vesi valuisi suodattimen läpi.

* * * *

Merja teki lähtöä. Käsilaukussa oli punakantinen virsikirja ja lompakko, jossa muutama kymppi kahvirahaksi ja arpoihin.

– Vienkö, kun pyryttää? Nieminen kysyi ja latasi puita Saaraan.

– Mitä suotta. Eila lupasi ottaa kyytiin tienpäästä.

Nieminen raapaisi tulitikun. Tuohi ritisi.

Se on sellainen vanhan liiton mies tuo Nieminen, Merja tuumi ja kuunteli toisella korvalla keittiön suunnalta kuuluvaa epämääräistä ähinää. Siippa kampesi itseään ylös kontiltaan. Hyvin tiesi, että hän ajaisi itse, jos katsoisi asiakseen mennä autolla, mutta tarjoutui ritarillisesti kuitenkin. Kai se oli sen romantiikkaa. Tai jos sen kuitenkin teki mieli lähteä itsekin, mutta ei vuosien jälkeen enää kehdannut. Tuskinpa sentään ja olihan Seppokin tulossa käymään. Mutta mistä sitä tietää, kun se kaljalla käyminenkin oli jäänyt niin vähiin...

– Meillä on seurojen päälle vielä kylätoimikunnan palaveri. Täytyy laskea, paljonko niitä vanhusten joulutervehdyksiä on tänä vuonna vietävänä. Lupailin vähän, että oloneuvos Nieminen lähtisi automieheksi kierrokselle.

Merja teki pari määrätietoista kammanvetoa eteisen peilin edessä ja odotti miehen reaktiota.

– Jaa, kuului keittiöstä.

* * * *

Lada kulki suoralla lähes sataa. Nopeutta oli tuhdisti tälle kelille ja Seppo tiesi sen hyvin. Rattoisaa mieltä häiritsi kuitenkin vain kutiava perse. Mies yritti auttaa asiaa vääntämällä kankkuaan edes takaisin istuinta vasten. Se onnistui vauhdissa huonosti.

Repsikan penkillä oli norttiaskin vieressä sinipintainen paketti.

* * * *

Nieminen nakkasi tumpin porraspielen herkkukurkkupurkkiin ja meni sisälle. Tohveleihin oli tarttunut lunta.

26

Kello tuli kymmentä vaille. Keittiön pöydällä oli jo kaksi arkista mukia ja lautasta valmiina, maitopurkki ja viinerit puuttuivat vielä. Sokerikippo piti myös etsiä. Se tuntui jäävän aina johonkin epäloogiseen paikkaan remontin jäljiltä käytännöllisessä keittiössä.

Nieminen napsautti valmiiksi lataamansa kahvinkeittimen päälle, nosti viinerit ja maidon pöytään. Sokerin hän löysi jääkaapin päältä. Kolme minuuttia myöhemmin Lada melusi pihaan.

Seppo nousi autosta, löi oven kiinni ja nosti pyyhkimen sulat pystyyn. -Pitäisikö vetää vielä nortti, hän metti.

Merja ei antanut polttaa sisällä. Tällä kertaa tupakka sai jäädä, pääsisihän sitä välillä ulos kessulle. Hän rapsautti kenkiään rapunpielen varpuluudalla ja tömisteli sisälle.

– Terve, kuului Niemisen ääni keittiöstä. – Ei muuta kuin peremmälle. Merja jo menikin.

Seppo laittoi takkinsa henkariin. Hanskat hän oli tapansa mukaan vieraassa paikassa sullonut taskuihin, etteivät sekaantuisi hyllyllä.

– No niin, täällähän on jo viinerit valmiina ja kaikki, hän totesi ja istui keittiön penkin päähän. -Ja tulet Saarassa oikein!

– Niinpä, Nieminen virnisti. -Kato se on vähän niin kuin toi muija, että kuumana käy, kun muistaa panna pökkyä pesään.

Asiaan kuului naurahtaa ja sen tehtyään Seppo pisti tuomansa kahvipaketin pöydälle.

– Tuossa olisi tuommoinen pikku tuominenkin. Saludoa.

– No kiitos vaan, kyllähän talossa aina kahvia palaa.

27

Nieminen tarttui pakettiin nostaakseen sen saman tien kaappiin. Käden liike pysähtyi.

– Olet muuten unohtanut vaihtaa paketin, hän sanoi vilkaisten kulmiensa alta vierastaan.

Harmi tulvahti Sepon mieleen. – No voi sun saatana! Hänkin tarttui pakettiin ja käänsi sitä itseensä päin.

Parasta ennen -päivämäärä oli mennyt puolitoista viikkoa sitten.

Hetken hämäläistä jässikät olivat kivettyneinä kahvipaketin ympärille. Sitten Niemistä rupesi naurattamaan, ja se tarttui.

– No ehtihän se jo vuoden päivät tätä väliä edestakaisin kulkemaankin, Nieminen totesi naurun päälle. – Että mitäpä tuosta. Minä otan uuden paketin matkaan, kun ensi kerralla tulen teille. Merja näitä kantoi kassillisen tarjouksesta. Tuoreita.

Myös viinerit olivat tuoreita. Kahvikin maistui ja juttu luisti siihen asti, että Sepolla alkoi olla kiire kymppiuutisille. Ja kun vaimot jotakin kuulumisia kuitenkin kyselisivät, niin puhtaalla omallatunnolla miehet saattaisivat todeta, että yhtä saludopäivää lähemmäksi kansaneläkeikää oli Hokkaslahden illassa päästy.

KUVIEN KESKELLÄ

Linja-autossa oli kolme matkustajaa. Radio Nova soi vaimeasti päivän hittejä.

Heikki istui viidennessä penkissä kuljettajan puolella. Vieruskaverina olevassa laukussa oli pari kirjaa ja muutama vaatekappale viikonlopun tarpeiksi. Satoi vähän lunta tuulen kanssa. Jouluun oli vielä pari viikkoa, mutta yliopiston luennot olivat jo suurimmaksi osaksi päättyneet. Ensi viikolla olisi vielä yksi tentti, jota oli jouduttu siirtämään dosentin sairastumisen takia. Heikki oli suunnitellut viipyvänsä maalla tiistaihin.

Isä oli kuollut syyskuulla. Äiti oli yksin ja oudoksui tyhjiä huoneita. Toiset sisarukset olivat sen verran vanhempia, että olivat ehtineet ennen lamaa opettajan ja hammaslääkärin virkoihinsa Helsingin seudulle. Nuorimman poikansa maisterinpapereita ei isä ollut ehtinyt nähdä.

Nyt Heikistä oli yhteisestä sanattomasta oletuksesta tullut eräänlainen lasten edushenkilö äidin suuntaan; Talon Mies, joka huolehtisi siitä, että pannulla oli öljyä mitä juoda, ja että laituri tulisi taas keväällä järveen. Hänellä ei ollut koepinkkoja ja kurssiarvosanojen kirjoittamisia, ei särkypäivystystä maanantaiaamuna kahdeksalta. Hän oli poikamies ja jotenkin joutilas.

Mielellään Heikki toki kotona kävi. Opiskelijaelämä oluthanojen liepeillä ei ollut koskaan kiehtonut häntä. Maalla sai rauhassa kiivetä vintille lueskelemaan tai katsoa televisiota. Vaatteet ja lakanatkin oli usein helpompi viedä kotiin pestäväksi kuin varata vuoro opiskelijatalon pyykkituvasta. Ja pari keppanaa sai halukas napata saunan päälle täälläkin.

Kaiutin pihisi radio noovaa.

Kaupunki oli jäänyt kolmen vartin päähän taakse. Heikin edessä istuva nainen lehteili Ilta-Sanomia. Etupenkillä istuva isäntämies rupatteli harvakseltaan kuljettajan kanssa. Oli käynyt silmäklinikalla näkökenttätutkimuksessa ja inhonnut sitä sydämensä pohjasta.

Tyhjät pysäkit lipuivat ohi.

****

Kylä oli kulunut vuosien saatossa hiljaiseksi. Kolmesta kaupasta oli jäljellä enää yksi. Pubinpahainen sinnitteli vanhan säästöpankin kulmalla.

Heikki laskeutui purevaan viimaan. Pakkanen haukkasi farkunlahkeen läpi. Linja-auto murisi takaisin tielle kirkonkylän suuntaan. Raitilla ei näkynyt ketään.

Matkaa kotiin oli alun toista kilometriä. Yli tuhat metriä, talvituuli kuiskasi. Heikki tunki toisen käden takin taskuun turvaan. Laukkua kantavat sormet kylmettyivät kahvan ympärillä.

Mitään erityistä työlistaa ei edessä olevalle pitkälle viikonlopulle ollut. Keittiön joulupuuhat äiti tahtoi tehdä itse. Kun oli aikaa ja se helpotti. Suuremmat siivot tehtäisiin vasta juhlan kynnyksellä, ja silloin Heikkiä tarvittaisiin tamppaamaan olohuoneen lampaankarvamattoja. Mieleen nousi muistumia joulunaluksen raikkaasta ja aavistuksen lumentuoksuisesta siivoustunnelmasta. Noiden kuvien keskellä kulki isän hahmo, äreänä lapsiensa laiskuudesta. Heikki vaihtoi kassin toiseen käteen.

Joulunkuusen hän oli ajatellut käyvänsä katsastamassa valmiiksi tällä reissulla. Heillä oli pieni metsäpalsta äidin kotipaikan perinnönjaon jäljiltä. Jo kölvinä Heikki muisti käyneensä siellä isän kanssa suorittamassa metsänparannustöitä, niin kuin tämä oli kuusenhakureissua kutsunut. Joka kerta puu oli ollut liian harva, tuuhea, pieni tai suuri. Aina sen latvaan oli kuitenkin tähti laitettu. Tänä vuonna reissu olisi tehtävä yksin.

Beigenlikainen Lada ajoi vastaan. Kuljettajan käsi nousi tervehdykseen. Kylmät sormet sykkivät tuskaa.

Viimeinen vastale oli pitkä. Metsänreuna oli tumma ja kuusinen. Tienvarren pellot olivat vinossa, niin kuin ne täällä päin tapasivat. Kolmen postilaatikon tuttu rivi näkyi jo.

****

Asta istui keittiön ikkunassa. Talvipäivän niukka valo karkaili jo yöpuulle. Naapurin Maijalla oli lyhde pihalla ja sauna lämpiämässä.

Talo oli hiljainen. Niin oli ollut jo kaksi kuukautta. Edessä oleva joulu olisi toisenlainen. Hän muistaisi sen lopun elämäänsä ensimmäisenä ilman Marttia.

Jo vuosi sitten he olivat yhdessä puhuneet, josko tämä oli viimeinen kerta yhdessä. Martti oli tiennyt vointinsa ja asiat oli puhuttu halki moneen kertaan. Silti jossakin Astan sisällä asui orastava katkeruus siitä, että yhteistä vanhuutta ei koskaan tullut. Olisihan heidän ollut tässä hyvä: molemmilla eläke kunnan virasta, velaton talo ja menestyvät lapset. Mutta Astalta ja Martilta ei ollut kysytty.

Kuopus onneksi kävi usein. Muut olivatkin kauempana.

Tuttu hahmo lähestyi ja kääntyi pihaan.

Taas kerran Asta havahtui siihen, kuinka paljon Heikissä oli Marttia. Kylmästä vinon tulijan käyntiä katsoessaan hän suorastaan säpsähti. Ja kuitenkin nuorimmaisen silmistä katsoi aivan toinen maailma kuin isänsä.

Asta tiesi, että elämän olisi mentävä eteenpäin. Ajallaan se sen myös tekisi. Mutta tänä jouluna - jos juhla ylipäätään oli ihmiskäsin tehtävissä - paljon siitä käveli parhaillaan pihan poikki.

Selän takaa kuului keittimen tuhahdus. Keittiö tuoksui kuumalle kahville.

Maalla on vankila

vaikeneminen

merellä, jota seireenit tarkkailevat.

Talvipäivä pyörähtää ja raastaa

valon ohuiksi rihmoiksi taivaalle.

Yö vahtii tulisilla hiilillä

kylmillään.

JA NIIN JOULU JOUTUI JO...

"Mutta Virtasella oli joka tapauksessa perhe, ainakin tämän kokoinen. Sen kanssa hän saattoi nyt vetäytyä perhelään ja naulata oveen kyltin: PYSYKÄÄ POISSA! TÄÄLLÄ ON MEIDÄN JOULU! Niin kuin ihmiset siviilissäkin tekivät."

Paikassa oli jotakin luostarimaista. Rantamaisemassa vankasti seisovat kivitalot saarsivat keskelleen alueen, jolle nurmikenttää kehystävät pihavalot sirottelivat pehmeän loisteen. Harvakseltaan joku kulkija leikkasi näkymää matkalla pyykkituvalle, puhelimeen tai valvomoon hakemaan iltalääkkeitään.

Pihan keskellä seisoi kuusi. Sen ympärille kääräisty valovyö hehkui punaisena. Puusta oli ollut paljon puhetta. Jotkut pitivät sitä piristävänä, toisten mielestä se oli mauton. Mutta siinä se nyt seisoi kertomassa, että joulu oli tulossa.

– Viisi kertaa näitä jouluja.

Pera oli oppinut, mitä vankilassa lasketaan. Tunteja, päiviä, kuukausia ja vuosia. Aikaa.

Ovi kolahti. Masa tuli osastolle vähän hengästyneenä.

-Hyvä, että sain auton tänne. Ei sitä kamamäärää olisi junassa vienyt millään, mies totesi kuin selittääkseen puuskuttamistaan.

Masa oli lähdössä jouluksi lomille. Perhe asui Tampereella. Sillä mies oli tänne hakenutkin, lyhyen junamatkan päähän. Lapsia taisi olla kaksi. Masalla oli niiden kuvat sellinsä seinällä - samalla kuin toissa heinäkuun Jallun keskiaukeamalla poseerannut tyttö. Iltatöinään hän oli värkännyt puuverstaalla sängyn, joka oli nyt osina lähdössä kotiin. Siitä tavaran paljous.

Pera istuskeli osaston oleskelutilan tuolilla ja seurasi vankitoverinsa menoa kahvimukin takaa. Televisio oli auki, vaikka ei sitä juuri nyt kukaan katsellut.

Masa huokui lomalle lähtijän levottomuutta. Mieli oli jo menossa Tampereelle vievää tietä. Kahdenkymmenen minuutin kuluttua kello tulisi kuusi. Silloin edessä olisi pari yötä kotona ja joulu sellaisena kuin se tällä kertaa näyttäytyisi. Lasten kiipeilyä syliin, kaikki vaimon kanssa kaikki puhumista vaativat asiat. Kaiken aikaa vaaniva pettymyksen pelko. Jos joulu ei olisikaan joulu?

Huonoimmassa tapauksessa mies narauttaisi korkin ja kaikki karkaisi. Sitten olisi enää palaamisen ahdistus.

Mutta Pera oli tässä kohdin itselleen rehellinen. Hän kadehti Masaa. Tällä oli paikka, minne mennä ja siellä ihmiset, joihin hän kuului.

Kohta Pera jäisi osastolle itsekseen. Yksi paikka neljän miehen solusta oli tällä hetkellä tyhjillään. Masa lähtisi kotipuoleen, Virtasella oli perhetapaaminen. Hän oli jo lähtenyt perhelään panemaan paikkoja kuntoon ja jäänyt sitten käyskentelemään valvomon edustalle vaimoaan vartoillen.

– Kyllä minä sitten jumalattomasti odotan akan tänne tulua, Pohjanmaan suunnalta tuleva Virtanen oli tunnustanut.

Virtasella ei ollut lapsia, ei ainakaan vaimonsa kanssa. Avioliitto taisi olla jo useammas. Mutta Virtasella oli joka tapauksessa perhe, ainakin tämän kokoinen. Sen kanssa hän saattoi nyt vetäytyä perhelään ja naulata oveen kyltin: PYSYKÄÄ POISSA! TÄÄLLÄ ON MEIDÄN JOULU! Niin kuin ihmiset siviilissäkin tekivät.

Peralla itselläänkin olisi ollut mahdollisuus anoa lomaa, päiviä oli menossa olevalta jaksolta vielä käyttämättä. Mutta häneltä puuttui paikka, minne mennä. Suvi, hänen Lahdessa asuva sisarensa, oli kyllä sanonut, että heille voisi tulla. Suvi olikin ainoa lähiomainen, johon Pera oli vankeusaikanaan pitänyt yhteyttä. Muu suku oli loitontunut, kavahtanut kauemmaksi. Tytär ei ollut halunnut tavata isäänsä, minkä Pera oli oppinut hyväksymään. Asiat olivat vielä liian vaikeita, toivottavasti eivät lopullisesti. Mutta sekin oli mahdollista. Sisaren luo meneminen pyhiksi ei kuitenkaan ollut todellinen vaihtoehto. Pera tiesi, että Suvin mies ei hyväksynyt häntä. Varmasti tämä olisi kohdellut vierasta kohteliaasti, lukenut kun oli, mutta ei sellaiseen ilmastoon voinut jouluksi lähteä – toisten tielle ja juhlaa pilaamaan. Niinpä Pera olisi joulun osastolla kotimiehenä joulukuusen kanssa.

Oleskelutilan nurkassa tosiaan könötti kuusi. Sellaisen oli osastolle hakea, kuka halusi. Vankilalla riitti metsää ja metsässä harvennettavaa. Pera oli ensin tuuminut, että katin kontit hän mitään kasvia rupeaa ristikseen raahaamaan, mutta jostakin joulumieli oli kuitenkin kiivennyt ajatuksiin. Ja siinä kuusi nyt oli vihreänä, niukasti koristeltuna, mutta sentään tähti latvassaan.

Pera mietti tulevia päiviä. Pyhätkin olivat vankilassa tyystin toista kuin siviilissä. Entisessä elämässään hän oli odottanut jokaista viikonvaihdetta päästämään työn pyörästä. Täällä vapaat merkitsivät useimmiten vain ajan käymistä pitkäksi ja tekemisen puutetta. Töissä päivät kuluivat tiedossa olevan kellotuksen mukaan, mutta viikonloput ja pyhänseudut tarjosivat lähinnä unettavaa joutenoloa. Vähitellen se oli alkanut näkyä vyötäröllä.

Paljon Pera oli nukkunutkin. Totta kai vankilassakin – ja varsinkin täällä avotalossa – oli paljon mahdollisuuksia. Voisi käydä punttisalilla tai pururadalla, televisio oli ja radio. Monenlaista askaretta pystyi tekemään, niin kuin Masa tapasi. Mutta usein mahdollisuudet jäivät vain mahdollisuuksiksi ja elämä litistyi notkumiseksi, torkkumiseksi ja kahvinkeittelyksi. Vaikka eivät asiat tainneet olla niin yksioikoisia: siviilissä monella oli samat kysymykset, sama yksinäisyys ja tarkoituksettomuus. Monella ei edes sitä työtä, josta hellittää.

Hiljaisina aikoina menneet pyrkivät kumpuamaan Peran päähän. Ne tulisivat tänäkin jouluna.

Muistikuva viimeisestä "normaalista" joulusta, sitä kohta seuranneesta uudestavuodesta. Kuvat olivat sekavia ja epätodellisia, vaikka olivat vuosien mittaan vähitelleen asettuneet paikoilleen. Pera muisti parvekkeen ja lumihangen. Hän muisti Kaisan kasvot ja veren hangella. Hän muisti omat kätensä.

Tuo vuodenvaihteen juhliminen jatkui edelleen, kohta viidettä ajastaikaa. Ja mukana se tulisi kulkemaan aina, osana Peran elämää. Senkin jälkeen, kun hän oli pala kerrallaan oppinut olemaan itsensä ja tekonsa kanssa. Senkin jälkeen, kun hän oli eräässä vankilan kappelissa vietetyssä iltahetkessä ymmärtänyt, että juuri hänenlaistensa takia Jeesus kuoli.

Mutta joulu tännekin tulisi, ja oli jo tullutkin. Talon jouluateria oli nimittäin nautittu jo tänään. Valtionhallinnon säästöpaineet olivat niistäneet keittiön pyhiksi kiinni, siksi vanha perinne oli haalistunut joulua edeltävän viimeisen arkipäivän lounaalla mässätyksi kinkku- ja laatikkoateriaksi. Osa miehistä oli toki varannut omat kinkut jouluksi. – Niin kuin Virtanen, Pera hymähti ja huomasi hymyilevänsä ensimmäisen kerran tänään. Ei pitkään, mutta kuitenkin.

37

Aterialla oli luettu myös evankeliumi. Sitä kuunnellessaan Peran mielessä oli häivähtänyt jotain vanhaa ja vahvaa. Siinä päilyivät saunatakkeihin sonnustautuneet paimenet ja kuului kansakoulupoljennolla luettu Luukkaan teksti. Häivähdys oli ollut herkkä.

Jouluaattona vankilan kappelissa olisi hartaushetki. Kahva ja torttuakin saisi. Pera ehkä menisi. Pappi oli tuttu ja helluntailaisten musiikkiryhmä vilpitön. Kenties hän itsekin laulaisi vähän, ainakin kuuntelisi Enkeli taivaan. Ja Sylvian joululaulun. Hän, häkkiin suljettu sirkuttaja.

Tämä joulu olisi Peralle viimeinen vankilassa. Ensi vuonna tähän aikaan hän olisi siviilissä. Takaisin hän ei aikonut tulla. Ajatus vapaudesta tuntui hyvältä, mutta samalla pelottavalta. Jäljellä oli enää tämä jo rikki mennyt vuosi. Sen jälkeen hän olisi omillaan. Olisi mietittävä asuminen, syöminen ja kaikki muu, minkä vankilassa joku toinen mietti hänen puolestaan.

– No morjesta sitten. Ja hyvät joulut! Masa oli koonnut loput tavaransa putkikassiin ja teki nyt lähtöä. Pera murahti saman toivotuksen ja kuunteli poistujan takana kolahtavan oven. Televisiossa mainostettiin matkapuhelimia. Peralla ei sellaista ollut. Mutta kenelle hän tässä nyt soittaisi, jos sellainen ojennettaisiin? Ja olisiko hänellä mitään sanottavaa?

Masa ja Virtanen olivat lähteneet jouluihinsa, mielet virittyneinä odotuksiin ja takaraivoissaan minuuttien ja tuntien armoton kuluminen. Pera istui jääneenä, kuusen kanssa. Joku kuului kiiruhtavan portaikossa puolijuoksua ylöspäin. Pihalla joulupuu punaisine vöineen hehkutti omia juttujaan. Sieltä täältä talosta kantautui vaimeita elämän ääniä. Yksi käveli, toinen veti vessaa. Täällä he olisivat tämän joulun. Miehet, jotka oli tuomittu ja jotka olisi niin helppo tuomita uudestaan ja uudestaan. Siviilielämästä käsin kelpasi vaatia vankien hyysäämisen lopettamista ja kritisoida laitoksen lokoisia oloja. Iltapäivälehdet osasivat aina ja tarkasti tehdä tapahtumista selkoa, kun jotakin kielteistä tapahtui. Mutta kuka repisi lööpin siitä, että vankilassa tapahtuu myös hyviä asioita? Siitä, että joku kuitenkin pääsee elämässään toipumisen alkuun, saa ehkä juomisen poikki tai löytyy muuten evästä selviytymiseen. Toisaalta Pera muisti omat asenteensa silloin, kun ei vielä vankilasta tiennyt. Ihminen ei kai voi koskaan ymmärtää sellaista, mikä on hänelle täysin outoa.

Vankilassa tapahtuu hyviäkin asioita…Totta se oli. Joulukin tänne taas joutuisi…Niin kuin siviiliinkin kauppojen lopulta sulkiessa ovensa ja maan monessakin mielessä hiljentyessä juhlan viettämiseen. Kirkkojen kellot kutsuisivat, kynttilät palaisivat haudoilla, lahjapapereita rapisteltaisiin. Jokaisella ihmisellä olisi omanlaisensa joulu. Yhdellä hyvä ja hellä, toisella yksinäinen ja apea.

Ja niin olisi vankilassakin. Jokainen ihminen eläisi oman joulunsa – tai yrittäisi ajaa ohituskaistaa. Virtasella ja Masalla menisi niin kuin menisi, samoin Peralla. Masalla olisi lapset ympärillään. Virtanen kokisi naisen pehmeyden ja lämmön. Pera huomasi huokaavansa kuin rukouksen, että kavereilla menisi kaikki hyvin ja miettivänsä, että ehkä hänelläkin vielä kerran olisi toisenlainen joulu kuin tällä kertaa. Jospa hän vielä löytäisi ihmisen, joka uskaltaisi kaiken tapahtuneen jälkeenkin jakaa elämänsä hänen kanssaan. Ehkä toive siitä, että välit tyttäreen korjaantuisivat, toteutuisi joskus.

Peran mieleen pompahti jouluevankeliumista karannut lause: "Te löydätte lapsen."

– Täytyy tarkistaa, että kuusella on vettä. Että se jaksaa kantaa tähtensä, Pera sanoi puoliääneen itselleen. Huoneessa leijui kevyt neulasten tuoksu.

VARSINAISIA ENKELEITÄ

Taulu oli ollut aluksi vähän vinossa. Sitten isä oli pysähtynyt katsomaan sitä, pistänyt päänsä kallelleen niin kuin sillä on tapana tavallista ankarammin miettiessään ja suoristanut sen. Sen päälle hän oli katsonut taulua uudestaan ja sanonut, että tuollainen ei käy. Ei alkuunkaan.

Äiti oli kuullut isän puheen olohuoneeseen ja huikkasi sieltä, että hänen mielestään taulu sai kyllä olla siinä. Kun mummi oli sen päivällä tuonut ja he olivat sen yhdessä siihen ripustaneet. Ja kyllä enkelitaulu sopi ihan hyvin Matin huoneen seinälle.

Isä oli vastannut, että ei hän nyt sitä tarkoittanut ollenkaan. Vaikka isä taisi kyllä olla sillä tavalla mies, ettei oikein uskonut enkeliasiaan.

Matista taulu oli jännä. Samanlainen oli mummolan yläkerrassa siinä huoneessa, jossa äiti oli pienuudessaan asunut. Mutta tämä oli eri taulu - uusi, mutta vanhan näköinen. Sellainen pikkuvanha. Siinä oli tyttö ja poika, jotka ylittivät jokea sellaista kamalan risaa siltaa pitkin. Lasten takana oli enkeli, joka vahti, etteivät lapset kierähdä veteen.

– Sehän on samanlainen räyskä kuin Lailan ja Sakarin mökkilaituri. Sakarillahan meni viime kesänä jalka siitä läpi, kun se meni saunasta uimaan. Hengenvaarallinen kapistus, isä kuului puhelevan olohuoneen puolella. Matti kuuli, kun äiti sanoi, ettei taas pysynyt perässä, että mistä isä puhui.

– No siitä sillasta, isä jatkoi. – Siinä taulussa. Kaidekin mitä sattuu ja vain toisella puolella. Jos sellainen olisi tässä meidän nurkilla, niin pantaisiin kyllä Peran kanssa se hetimiten kuntoon. Ennen kuin tenavat olisivat vuolteessa.

41

Äiti sanoi, että voi noita sun juttujasi, isä. Matti tiesi, että äidin mielestä isä oli joskus liiankin hanakka nikkaroimaan kaikenlaista, ne puuhat kun tapahtuivat usein jossain muualla kuin kotona. Äiti oli joskus sanonut, että pitikö isän ja Peran heilua pelastavina enkeleinä ihan kaikkien kavereitten työmailla. Isä oli vastannut, että eivät he Peran kanssa tainneet ihan varsinaisia enkeleitä olla.

Matin mielestä isä oli mukava ja niin se oli äidinkin mielestä, vaikka sille tuli välillä asioista huomauttamista. Isä tapasi todeta silloin, että äidillä on missio. Ja mukava oli naapurin Perakin. Sillä ei ollut lapsia ollenkaan, mutta se oli hyvä leikkimään ja sillä oli hyviä hööpötysjuttuja. Tänäänkin ne olivat isän kanssa lähdössä jonnekin talkoisiin, mitä se sitten tarkoittikin. Joku niitten työkaveri korjasi jotakin, mitä sanotaan rintamamiestaloksi.

Kuului kolinaa. Isä kai kokoili työkalujaan. Sillä oli niitä aika paljon autotallissa. Äiti kysyi, olisiko se myöhään. Isä sanoi, että saattoi ollakin. Että tulisi sitten.

Isä kävi sanomassa Matille hei, katsoi vielä sitä taulua ja sanoi, että hyvä, kun enkeli oli vahdissa sen aikaa, kun isä ja Pera olivat talkoissa. Sitten se iski silmää niin kuin miehet joskus tekevät keskenään.

Kun isä tuli kotiin, Matti oli ollut jo monta tuntia sikiunilla. Aamulla hän heräsi varhain. Isä ja äiti nukkuivat myöhempään niin kuin ne tapasivat lauantaiaamuisin. Matti tarkisti vessareissullaan makuuhuoneen ovelta, että siellä ne olivat ja nukkuivat aika lähekkäin.

Matista viikonloppuaamut olivat pitkäveteisiä, kun aikuiset lojuivat. Hän päätti mennä vielä hetkeksi pitkälleen omaan sänkyyn ja vaikka miettiä jotakin mukavaa. Äitikin sanoi, että ei aina tarvinnut olla tekemistä.

Aamu oli valjennut jo sen verran, että huoneessa uiskenteli vain kevyttä hämärää. Yhtäkkiä Matin jalkapohjassa tuntui jotakin

42

paljaalla lattialla. Sitten katse tarttui johonkin. Silmiä pullotti. Mitä ihmettä? Jalkaan oli tarttunut sahanpurua. Ja seinän vieressä enkelitaulun alla oli lastuja. Mutta ihmeellisintä huoneessa oli itse taulu. Matti katsoi sitä, hieraisi silmiään ja katsoi taas. Totta se oli. Taulu oli yön aikana muuttunut.

Lasten kulkua vahtinut vaalea hahmo oli poissa. Ehkä se oli mennyt aamiaiselle tai kavereitten kanssa leikkimään, Matti mietti. Mutta mikäpä sen oli ollut mennessä, sillä homma näytti nyt olevan hoidossa. Näkymä taulussa nimittäin selitti myös jalkapohjaan tarttuneen sahanpurun ja lattialla lojuvat lastut. Silta oli ehjä, vain korjaustöistä jääneiden jälkien siivoaminen oli jäänyt puolitiehen. Matti oli ihmeissään, mutta ei sen hänen mielestään ollut niin väliä. Hänhän oli pikkupoika, ja pikkupoikien maailmassa ei kaiken tarvinnut olla selitettävissä.

Matti teki niin kuin oli aikonut eli meni sängyn päälle lötköttelemään ja ajatteli mukavia. Kohta tulisi joulu. Kuusi tuotaisiin sisälle ja isä kiinnittäisi sen latvaan tähden. Äiti oli kertonut, että se muistutti siitä tähdestä, jota itämaan tietäjät seurasivat navetalle, jossa Jeesus syntyi. Miten olisi, Matti tuumi, varisisiko kuusen latvasta jouluyönä pölyä olohuoneen lattialle?

Betlehemin tähtipölyä?

Varmaankaan Matti ei kaikkea maailmassa ymmärtänyt, mutta ehkä nyt sen, että isä ja Pera taisivat sittenkin olla niitä varsinaisia enkeleitä.

Äiti nukkuu nurmikolla

kirja mahan päällä,

niin se tekee heinäkuussa

poutaisella säällä

isän auto auringossa

kiiltää niin kuin uusi,

lintu lentää taivaalla ja

minä olen kuusi.

Pihan toisella laidalla enkeli istuu aidalla.

JOULU SIAN NÄKÖKULMASTA

Muistatko lumiäijän?

Se vilkutti takapihalta olohuoneen ikkunaan

porkkana sojossa

leikit, joissa sinä määräsit

minut ilkeäksi äitipuoleksi,

ja joiden jälkeen vaatteet ripustettiin kuivumaan ja tutkittiin

tulen luona Dumbo-kirjaa?

Meidän takasta oli suora hormi ulos

eikä se oikeasti lämmittänyt

etkä sinä oikeasti muista

mutta minä muistan

ja se oikeasti lämmittää.

SITÄ JOULUA EN MUISTA

Vuonna 1963 Suomessa vietettiin joulua. Joku voi kysyä, että uutisenko kerroit. Itselleni sydäntalven juhla ei kuitenkaan tuolloin ollut itsestäänselvyys eikä minulla ollut omakohtaista kokemusta sen säännöllisestä toistuvuudesta. Tuo joulu nimittäin on ensimmäinen, jota minä en muista. Sen vieton toden teolla käynnistyessä varsinaisen juhlan aattona minulla oli ikää 72 päivää. Paljon oli muuttunut sitten edellisen joulun. Maa oli saanut maksuvälineeksi uudistetun markan. Tiettävästi tuolloinkin ostettiin joululahjoja, ja vanhat ja uudet rahat vilisivät iloisesti sekaisin kauppojen kassoilla. Vielä kymmenen vuotta myöhemmin saatoin aikuisten puheesta poimia käsitteen "vanha miljoona". Tuolloin ymmärsin jo sen, että he eivät puhuneet omaisuudestaan, vaan veloistaan. Mutta jouluna 1963 lahjat joka tapauksessa näyttivät paperilla halvemmilta kuin aikoihin. Vaikka enhän minä sitä muista.

Mutta tuskin tasavallan johdon päiväkäsky raharemontin toimeenpanemiseksi kajasti pitkällekään maailmanhistorian tapahtumien vyöryssä. Olihan kulunut vuosi tuonut meidänkin kotiimme korkean tason tragiikkaa. Yhdysvaltojen presidentti **John F. Kennedy** oli nähnyt Die Mauerin ja julistautunut berliiniläiseksi. Ja ennen kaikkea hän oli kuollut. Kukaan ei ollut kuullutkaan JR:stä, mutta Dallas oli kaikkien huulilla. Kohta perään kuultiin kyllä JR:stäkin, kun **Jac Ruby** perusti oman tuomioistuimensa Dallasin oikeustalolla. Tuosta istunnosta epäilty poistui toiseen todellisuuteen. Ihmiset jopa Suomessa järkyttyivät, mutta jouluksi se oli jo sopivasti ohi. Vaikka enhän minä sitä muista.

Kulttuurimaa Ranska oli sitten edellisjoulun menettänyt **Edith**-varpusensa, ja myös **Jean Cocteau** oli erkaantunut Gallian kukosta. Kummastakaan heistä ei tullut vanhempaa aikalaistani. Ex cathedra erehtymätön **Johannes XXIII** oli niin ikään jättänyt paaviuden seuraajalleen. Suomessa työväki oli menettänyt **Tokoinsa** ja moni kristitty mielenrauhansa. Ensimmäistä kertaa Suomessa naispappi oli saarnannut aprillinpäivänä Helsingissä. Joulu joutui siitä huolimatta, vaikka enhän minä sitä muista. Mutta olihan ihmisiä toki syntynytkin niin Yhdysvalloissa kuin Ranskassakin. Ja Suomessa valmistettiin ensimmäiseen jouluunsa monia nykypäivän maistereita, toimittajia, työttömiä, hammashoitajia ja putkimiehiä. Meidän ensikertalaisten kodeissa olimme itse vuoden jymyuutinen, jonka rinnalla etusivun otsikot muuttuivat sisäsivujen maininnoiksi. Näin meille on kerrottu, vaikka emmehän me itse sitä muista.

Ja niin vietettiin meilläkin joulua kotona neljään pekkaan. Kuusi oli koristeltu, ja siinä oli ihan oikeita kynttilöitä. Siansivua oli tarjolla ja laatikot tekivät kauppansa. Kaikki tämä tietysti nuorelle perheelle kuuluvalla kohtuullisuudella. Lahjoja sain varmasti minäkin, mutta niistä minulla ei ole mitään tietoa. Nallea en ainakaan saanut, koska se tuli äidin Amerikan tuliaisena vasta pari vuotta myöhemmin. Tiettävästi yhtään lahjaani ei ole säilynyt, joten ainakin siinä suhteessa muistini ja todellisuus kulkevat samaa tahtia. Jonkinlaisena siteenä ensimmäiseen jouluuni tosin on jo tuolloisen kotini kalustukseen kuulunut rottinkituoli, jota sittemmin olen raahannut muuttokuormissani ympäri Suomea. Totuushan on, että idealistikin kiintyy materiaan ja aine on henkeä helpompi muistaa.

Ehkä ensimmäinen jouluni on myös tähän asti parhaani. Tietäen väitteeni mahdottomaksi todistaa perustelen sitä sillä, että tuota joulusta ei ole jäänyt yksikään asia harmittamaan. Vuonna 1963 minua ei ottanut tippaakaan päähän joulusiivouksen tekeminen. Yhtä vähän harmitti se, että kaupoissa oli tungos enkä tuntunut keksivän yhtään hyvää lahjaa ystävilleni. Pieninkään kiusa ei ollut sekään, että meillä ei ollut tapana katsoa televisiota joulunpyhinä, ei vaikka minkä sarjan jakso olisi ollut esitysvuorossa. Traumaattisia muistikuvia ei ole painunut mieleen myöskään siitä, että sisar mahdollisesti sai enemmän lahjoja kuin minä. Minkään lahjatoiveen jääminen täyttymättä ei sapettanut. Kinkun kypsyyttä en muista moittia enkä harmitella lähettämättä jäänyttä joulukorttia tuttavalle Lietoon. Tuon kaiken sijasta saatoin runsas neljännesvuosisata sitten keskittyä oleellisiin asioihin elämässä.

Parin kuukauden iässä ihastutin läheisiäni ensimmäisillä tarkoituksellisilla ilmeillä ja osasin sanoa ää ja gyy. Vaikka en kuulemma tuossa iässä vielä oikein tunnistanut hoitajaani, veikkaan kokeneeni äidin olemassaolon myönteisenä ja nauttineeni mielikseni hänen luomastaan perusturvallisuudesta. Maailma oli muutenkin täynnä pikku mukavuuksia ja ratkaisijaa odottavia salaisuuksia. Onnea lienee lisännyt sekin, että monien maailman arvoitusten monimutkaisuus ei ollut vielä valjennut minulle. Ja jos nälkä tai muu elämän perimmäinen kenkkumaisuus teki tuloaan pikkumiehen tietoisuuteen, niin apukin oli lähellä ja kurjat jutut unohtuivat.

Kuuluisuuksien kuolemat ja muu maailmanhistoria pysyivät lopulta kaukana minunkin ensijoulustani. Samalla ne lupaani kysymättä kuitenkin muovasivat maailmaa, jossa minun on eläminen. Kun vanhempani viettivät ensimmäistä jouluaan jossain Pohjanmaan lakeuksilla, punoi Hitler jo juoniaan. Vajaan kymmenen vuoden sisällä nuo juonet olivat muuttaneet maailmaa melkoisesti eivätkä olleet armahtaneet juuri ketään muistamattomuudella. Ainakin näyttää siltä, että sain aloitella omat jouluaskareeni edellistä sukupolvea suotuisammissa merkeissä Ovathan nykyajan paljon puhuttu henkinen irrallisuus ja arvojen epävakaisuus kuitenkin useimmille meistä vähemmän hengenvaarallisia kuin ihan oikea sota. Jos jonakin jouluna havahdun siihen, että sukupolviketju on jatkunut minusta eteenpäin toivon, että...

Siitä huolimatta, että olen sissipäällikön sukua.

JOULU SIAN NÄKÖKULMASTA

Vanhat ystävät

Sika ja ihminen ovat vanhoja ystäviä. Sika tunnetaan kesynä kotieläimenä jo viiden vuosituhannen ajalta. Kaiken kaikkiaan siat ovat parikymmenlajinen heimo eläimiä. Jouluvieton kannalta keskeisin on eittämättä kesy sika, *sus domesticus.*, perinteisen juhlapöydän sinappihunnutettu valtiatar. Tässä yhteydessä on syytä luoda lyhyt katsaus kesyn sian historiaan ja tarkastella sikaa hieman joulua laajempanakin kulttuuri-ilmiönä.

Siat tulivat idästä

Ensimmäiset siat kesytettiin ilmeisesti Aasiassa ja sieltä niitä todennäköisesti tuotiin sittemmin myös Eurooppaan. On arvioitu, että sian ottaminen kotieläimeksi tuli mahdolliseksi vasta, kun ihmiset alkoivat asettua aloilleen maatalousyhteisöiksi. Sian kohtalainen kömpelyys ja myös luonne tekivät siitä sopimattoman vaeltavien ihmisisäntien palvelukseen. Sian kömpelyys on kuitenkin jossain määrin näennäistä. Huolimatta heikoista raajoistaan ja jykevästä ruhostaan se nimittäin pystyy tarvittaessa varsin nopeisiin liikkeisiin. Ahdistettuna sika saattaa äityä myös melko rivakkaan raviin – asia, johon palataan tuonnempana tässä jutussa. Sialta onnistuu ritoloiden ottamisen lisäksi myös sieviset: kesy sika on villien lajitoveriensa tapaan varsin kestävä ja taitava uimari.

Sika korkeakulttuurisena ilmiönä

Kotiuduttuaan ihmisen kumppaniksi sika on vilahdellut siellä täällä isäntänsä tuottaman korkeakulttuurin osa-alueilla. Viittauksia sian olemukseen löytyy yhtä hyvin kirjallisuuden, kuvataiteen, musiikin kuin aina jalon urheilunkin sarkamailta.

Varmasti tunnetuimpia kirjallisuuden sikahahmoja on englantilaisen **A.A. Milnen** (1882-1956) luoma *Nasu (Piglet)*, joka ilmaantui 1930-luvulla myös suomalaisen lukijakunnan tietoisuuteen. Sittemmin tämä Puolen hehtaarin metsän mainio possu on tietysti isketty kaupalliseen lahtipenkkiin ja kukkuu muun muassa kylpyhuoneiden hammasharjatelineissä.

Sympaattisen Nasun rinnalla sika on joutunut maailmankirjallisuudessa myös huomattavasti tylympään rooliin. Tästä käy esimerkiksi valo, jossa eläin esiintyy Milnen maanmiehen **George Orwellin** (1903-1950) klassikossa *Eläinten vallankumous*, joka sattui ilmestymään suomeksi vuonna 1969.

Muun kirjallisuuden osalta on tilan rajallisuuden vuoksi mahdollista viitata vain niin ikään brittikirjailijoihin kuuluvan **William Shakespearen** (1564-1616) *Hamletiin*, joka sopii kaikkien gyldyyrikinkuttelijoiden iltalukemistoksi. Muun muassa A.A. Milne kulttuuri-ihmisenä oli tietysti Shakespearensa opiskellut.

Kuvataiteessakin sika esiintyy jonkin verran. Omassa maassamme julkisuutta herätti aikanaan **Harro Koskisen** (s. 1945) teos *Sikamessias*. Aiheeltaan se liittyy enemmän toiseen kirkolliseen juhlaaikaan eli pääsiäiseen, mutta on luonteeltaan omiaan loukkaamaan myös jouluun liittyviä uskonnollisia tunteita. Sittemmin nykytaiteessa ovat pahennusta herättäneet muut eläimet, kuten kissat.

Itselleni Koskisen teosta läheisempi on kuitenkin aina ollut nuoruudenystäväni Pekka Vuorisen (s. 1963) monitulkintainen maalaus. Motivoituneena oppilaana Vuorinen toteutti sisällään vuolaasti virrannutta luovuuta peruskoulun kuvaamataidon tunnilla pyöräyttämällä keskelle paperia kaksi pientä ympyrää ja sutimalla loput arkista harmaaksi. Opettajan tiedustellessa, että mikäs tämä nyt sitten on, Vuorinen vastasi, että maalaus on nimeltään Sika tulee sumusta. Maailmantaiteen teoksista tämä on yksi parhaiten mieleeni syöpyneistä. Valitettavasti originaali on mitä luultavimmin hävinnyt, originelli taiteilija onneksi ei.

Miten käy sialta rock and roll?

Musiikkimaailmassa sika näyttäytyy monissa eri genreissä. Ja tietysti meitä kiinnostaa sian rooli joululauluissa. Mutta siitä vasta hetken päästä.

Populaarimusiikissa sika-aiheita esiintyi muun muassa 1970-luvulla, jolloin rokkia soittivat lähinnä rumat ja karvaiset miehet. Tunnettuja ovat ainakin **Black Sabbathin** loistokas *War Pigs* (1970) ja **Pink Floydin** *Animals*-albumilla oleva, orkesterin megamnenestysten rinnalla ehkä vähemmälle huomiolle jäänyt *Pigs On The Wing* (1976). Edellinen kohdentaa kritiikin kärjen kuitenkin eläinten sijasta korkea-arvoisiin sotilashenkilöihin ja viittaa mitä ilmeisimmin kesyn sian kotimaanosassa kappaleen syntyaikoina mitellyyn Vietnamin sotaan. Pink Floydin sanamaailma taas on niin psykedeelinen, että se kilpailee ymmärrettävyytensä osalta peräti **Pekka Ruuskan** (s. 1958) *Rafaelin enkelin* kanssa. Siirrytään niihin joululauluihin.

Kotimaisista joululauista sika muistetaan varmasti nykyään parhaiten **Juice Leskisen** (1950-2006) *Siasta*, joka ilmestyi alun perin **Juice Leskinen Slamin** albumilla *Kuusessa ollaan* (1980). Mitään muuta muistettavaa tuolla levyllä ei sitten olekaan. Nykyisin Leskisen tuotos on päässyt jo Suureen toivelaulukirjaankin. Laulu on hauska, mutta sisältää valitettavia anakronismeja, kuten viittauksen isin suorittamaan hengenlähdettämiseen. Kotiteurastushan on Suomessa ollut hyvin pitkään harvinaista, eikä se esimerkiksi

52

kerrostaloasunnossa tulisi kuuloonkaan. Sen sijaan Leskinen on oikeilla jäljillä puhuessaan sian perän maistamisesta: joulukinkuthan ovat kotoisin nimenomaan sian kankkuspäästä.

Toinen mainitsemisen arvoinen joululaulu tässä yhteydessä on **Otto Kotilaisen** (1868-1936) säveltämä ja **Alpo Noposen** (1862-1927) sanoittama Kun joulu on. Siinä sikaan viitataan harrypottermaisesti kuin häneen, jonka nimeä emme tahdo mainita: *"On äiti laittanut kystä kyllä, hän lahjat antaa ja lahjat saa."* Rivien välistä on kuitenkin tulkittavissa, että myös sika on tässä vaiheessa kypsähtänyt. Kinkkuhan hallitsi pitkään suomalaista joulupöytää lähes suvereenilla otteella. Edelleenkin sitä syö sekä Helsingin herra että Kilpisjärven mahtava Saana, vaikka kalkkuna onkin sittemmin ottanut osansa kakusta ja maakunnallisiakin eroja juhlapöydän antimissa toki on. Liemipohjaisen juhlinnan jälkitunnelmiin puolestaan liittyy erityisesti kylmä kalkkuna.

Kalkkunan tullessa kinkun kilpailijaksi Suomessakin 1940-luvulta alkaen sitä mainittiin mieluusti sikaa terveellisemmäksi paljolti vähärasvaisuuden vuoksi. Nykyisin tämä peruste ei enää tehoa, sillä moderni kinkku panee rasvan vähyydessä tasaväkisesti kampoihin siivekkäälle kohtalotoverilleen. Molemmissa on useimmiten rasvaa noin kolme prosenttia. Eli suomeksi aika vähän.

Noposen sanoissa viitataan myös Jeesus-lapsen syntymäpaikan kalusteisiin: *"Vaan seimi, pahnat ja tähti yllä."* Onkin syytä viitata vielä yhteen joululauluun, jossa sika loistaa kirkkaana – poissaolollaan. Kyseessä on ranskalainen sävelmä *Heinillä härkien kaukalon*, johon suomalaiset sanat on tehnyt **Martti Korpilahti** (1886-1938). Uskonnollisista ja kulttuurihistoriallisista syistä olisi ollut mahdotonta, että Betlehemin karjasuojassa olisi kuultu sikojen röhkimistä. Yhtä outoa olisi ollut paimenkoirien käyttäminen läheisellä kedolla, jossa suoritettiin lammaslauman yövartiointia tunnetuin seurauksin.

Sika ja urheilu

On vielä paikallaan viitata lyhyesti sian ja urheilun välisiin yhteyksiin. Siinä missä englantilaiset olivat vahvasti edustettuina sikaan liittyvän kirjallisuuden käsittelemisen yhteydessä, on heillä vankka sijansa myös puhuttaessa urheilusta. Jalkapallojoukkueet Tottenham ja West Ham kuuluvat tietysti kinkun ystävien suosikkeihin (todettakoon tässä, että oma brittifutissuosikkini on tällä hetkellä mutaisissa divareissa tahkoava Luton Town, jonka vaimoni sen suuruuden päivinä nimesi kuulovirheen seurakuksena Plutoksi). Ilkeämieliköt ovat pitkään olleet sitä mieltä, että sika kulttuuri-ilmiönä liittyy vahvasti myös jalkapalloyleisöön. Mutta ei Millwallista nyt tässä yhteydessä.

Suomalaisten mielilajin jääkiekon piirissä sika ei juuri nimissä esiinny. Esimerkiksi NHL:n joukkueissa edustettuina ovat vuosien saatossa olleet muun muassa pingvinit, kojootit, ankat ja perkeleet, mutta sika puuttuu sakista. Sikamaisia otteita käyttäviä pelaajia on tässä ammattiliigassa usein kutsuttu poliiseiksi. Kotimaisessa kiekossa sikaan (virheellisesti) yhdistettyä henkeä on puolestaan ilmennyt esimerkiksi mestaruusjuhlien yhteydessä. Voittopokaalissa on muun muassa kuumennettu elintarvikkeita.

Sikaa on hyödynnetty myös varsinaisen kilpaurheilun piiriin kuulumattoman liikunnan parissa. Syvät kurkut ovat kertoneet nyttemmin jo lopetetussa Konnunsuon keskusvankilassa ammoin toteutetusta tempauksesta, jossa muutamat vankeinhoidon asiakkaat piristivät laitoksen tasapaksua tunnelmaa pukemalla ulkotöissä vankien käyttämiä vaatteita sialle. Tämän jälkeen eläinparka hätisteltiin juoksemaan pitkin pelto-ojia. Tapaus kiinnitti luonnollisestikin jonkin verran valvontahenkilökunnan huomiota matkan päästä seurattuna ja johti heidän parissaan osin säntäilevään toimintaan.

Asiaan, Anita!

Pitkän jaar...johdattelun jälkeen on aika päästä asiaan, jouluun sian näkökulmasta.

Osallistuin nuoruudessani maalaispitäjässä järjestetyille kinkereille. Kahvipöydässä tuolloin jo iäkäs ja nyttemmin autuas tuttavani muisteli, kuinka lukuset hänen lapsuudessaan luettiin kovien koettelemusten joukkoon. Samaan sarjaan niiden kanssa kuului muun muassa sianteurastuspäivä. On luontevaa päätellä, että teurastuspäivä oli siihen osallistuneista kaikkein kovin koettelemus nimenomaan sialle. Henki pois ja lihat saaviin, suolista vähän makkaraa.

Syy tähän kirjoitukseen sisältyvään monisanaiseen ja suurelta osin aiheeseen liittymättömään pohjustukseen on ilmeinen. Tulin luvanneeksi kotikyläni joululehden päätoimittajalle tietyn mittaisen tekstin. Joulu sian näkökulmasta on lopulta pelkistettävissä yksinkertaiseen toeamukseen: **LAHTI ON TYLY KOHTALO.** Tämä olisi osannut kertoa Tapparan jääkiekkojoukkuekin, joka on joskus käynyt häviämässä vierasottelunsa Pelicansille aidoin hämäläisnumeroin.

55

NIEMISIÄ

ENKELIT OVAT MENNEET JO

Päivä ei ole valjennut kylmänä. Musta Junghans kököttää lattialla ja soi häijysti. Pastori Niemisen toinen silmä on auki. Kello onkuusi, ja olo on mitä kamalin. Nieminen vääntää vartensa kierteelle ja kurkottaa piipityksen suuntaan. Hetken hapuilun jälkeen kiusankappale vaikenee. Itsesuojeluvaisto ajaa oikean jalan sängyn reunan yli lattialle, joka tuntuu vilakalta peitonlämpimään nahkaan. On pakko nousta. Muu perhe nukkuu vahingoniloista unta.

Lattialla on kasa vaatteita. Nieminen noukkii kalsarit, t-paidan ja sukat. Virkapaita ja puku ovat työhuoneen kaapissa. Nyytti kainalossa hän narisee portaat alakertaan.

Keittiön hana laskee pannun puolilleen. Virta napsahtaa päälle ja vastus kerää voimansa. Ajatus seisoo kuin betoniin valettuna. Takana on aaton pukki, edessä joulun suuri juhla. Nieminen selvittää kurkkuaan, jolla pitäisi vajaan tunnin päästä laulaa. Se on kuiva ja karhea. Kahvi maistuu tuskin.

Näinä aamuina tärkeintä on liike. On lähdettävä niin kuin paimenten vanhastaan.

* * * * *

Nieminen kääntyy pääkadulle. Pari hassua hiutaletta purjehtii näkökentän halki, mutta pyryksi ilma on laiha. Suoraan edessä seisoo kirkko.

Kello 6.32 Nieminen astuu tutusta ovesta. Sisällä tuntuu lämpimältä. Hän laskee salkkunsa lattialle ja riisuu rukkaset pöydälle. Päällystakin vasemmasta taskusta käsi haroo lompakon, jonka väliin Nieminen on sujauttanut kolme laskua. Niissä kaikissa on viivakoodi.

Kone rouhaisee kortin kitaansa ja kysyy tunnusluvun. Koodinlukija hehkuu joulunpunaisena ja piippaa kiitokseksi. Nieminen haluaa laskunsa maksettavaksi heti. Ranteessa käy kello. Automaatti naksauttaa kortin ulos. Nieminen sulloo sen paikoilleen ja taittelee kuitit lompakon väliin. Hän kiskoo kintaat käsiinsä ja huomaa olevansa hereillä. Kello on 6.37. Kaikki on maksettu ja paimen lähtee seimelle. Enkelit ovat menneet jo edeltä.

JUHLAYÖ

Nieminen oli päättänyt opetella iloitsemaan pienistä asioista ja aloittaa kunnollisista pyyhkijänsulista. Taivaallinen sotajoukko nimittäin juhlisti jouluaattoa sylkemällä harmaata räntää. Nieminen oli tyytyväinen mies. Pyhänseudun työt oli tehty. Tänä vuonna oli hänen vuoronsa vaihtaa aattovesperin jälkeen vapaalle. Rovasti ja apupappi saisivat jatkaa huomenissa kukonlaulun aikaan. Nieminen aikoi silloin vedellä hirsiä takalisto homeessa ja katsella pakanallisia unia. Vaimo ja lapset olivat matkustaneet mummolaan jo toissapäivänä, heti koulujen päätyttyä. Niemistä ei vapaapäivien vietto anoppilassa ollut alun perin kovin järkyttävästi riemastuttanut, mutta nyt, kun hän muisteli juuri lähdön päässä sattunutta episodia, ajatus muutamasta päivästä poissa kotikaupungista tuntui jo hyvältä. Matkaanlähtö oli nimittäin viivästynyt hyvänlaisesti ja varsin tutusta syystä. Tuttu mies oli iskeytynyt kirkon rappusilla seuraan, tietysti hyvänlaisesti juovuksissa. Eikä Niemisessä ollut tylyä puolta, jonka hän olisi voinut kääntää seurakuntalaiselleen. Jokaisella on puutteensa. Niin kului uudet kolme varttia ennen kuin matka oli jatkunut kotiin ja edelleen tälle matkalle.

Aina joskus Nieminen toivoi itselleen toista ammattia. Jotakin sellaista, jossa työpaikan oven voisi sulkea pois lähtiessään niin, etteivät työt kulkisi ajatusten liepeissä sinnitellen mukana joskus pitkäänkin. Nytkin miehen tyytyväisyydessä oli vielä levottomia säröjä. Äskeinen keskustelu kirkon portailla pyrki vielä muistuttamaan itsestään, moni tuttu kasvo vilahteli mukana mielen kuvissa. Nieminen tiesi, ettei hän ollut tämän maailman Messias eivätkä ihmisten surut hänen surujaan. Mutta hän oli vain Nieminen.

Jouluaaton tilaisuudet olivat Niemiselle aina tietynlainen koettelemus. Omalla tavallaan hän rakasti täyteen ahdetun kirkon tunnelmaa ja ihmisistä huokuvaa salaperäistä tunnelmaa. Samalla hän kuitenkin tunsi juuri tämän ajankohdan painon omilla hartioillaan suorastaan konkreettisesti. Oli noustava saarnatuoliin ja katsottava joukkoa, joka istui penkeissä hyvin monenlaisin odotuksin. Moni toivoi ehkä vuoden ainoalta kirkkohetkeltään paljon, moni haki lapsuuden vahvoja muistoja. Monta kertaa nuo kaikki odotukset tuntuivat Niemisestä kohtuuttomilta. Ja aina vähän sydän syrjällään hän luki joulunjälkeisiä paikallislehden yleisönosastoja. Kirjoittaisiko nimimerkki "Pettynyt" pilalle menneestä joulumielestään?

Pyyhkijät uurastivat ja tie pysyi näkyvissä. Nieminen ravisti päätään, kuin karistaakseen ei-toivotut mietteet sateen vietäviksi. Radion hän oli sulkenut jo aikaa. Autoja tuli vastaan harvakseltaan, valtaosa juhlapyhien matkaajista oli jo perillä. Jotkut vielä taittoivat taivalta - tai olivat kenties matkallaan aivan sivuraiteella tyypillisestä joulunvietosta.

Nieminen mietti, kuinka hassua tällainen kulkeminen oikeastaan on. Ihmiset, kukin omassa peltipurkissaan, kulkevat toistensa ohi lähes hipaisuetäisyydeltä. Ja jäävät samalla toisilleen täysin tuntemattomaksi. Mitäpä, jos pysäyttäisi auton keskelle tietä ja nousisi ulos huitomaan? Kun joku pysähtyisi kohdalle, kysyisi, että mitä sinulle kuuluu?

Eteen avautui pitkähkö suora, jonka toisesta päästä lähestyi kaksi kiiluvaa silmää. Niiden takaa paljastui punainen Lada, keliin nähden kovassa vauhdissa. Sisältä erottui kaksi ihmisen hahmoa. Maria ja Joosef ehkä? Nieminen jäi askaroimaan ajatuksella. Mielikuva pyhästä äidistä ahtaassa autossa oli hilpeä. Mutta ehkä siinä todellakin oli nuoripari matkalla sairaalaan, syntymään pyrkivä esikoinen äidissään. Ja toisaalla olivat tulevat isovanhemmat täynnä odotusta, hermoiluakin.

61

Luultavasti vastaantulijat olivat aivan muulla asialla, mutta luultavasti jossakin päin maata Maria ja Joosef olivat juuri nyt liikkeellä. He ainakin muistaisivat tämän joulun, toisin kuin monet muut, joille se tulisi painumaan menneitten vuosien erottelemattomaan massaan.

Ja tulevina vuosina joku tulee kiukuttelemaan siitä, että kaikki muut saavat syntymäpäivälahjat erikseen.

Niemisen ajatus palasi oman esikoisen syntymään. Silloin ei ollut joulu, vaan pääsiäisviikon torstai. Varhainen kevät oli tuonut ukkosen rannikkokaupungin ylle. Tuona iltapäivänä maailmaan oli vääntäytynyt tumma kaunotar, joka oli valloittanut isän sydämen. Mahtaisivatko kätilön kasvonpiirteet syöpyä Joosefin muistiin niin kuin Niemisen kohdalla oli tapahtunut?

Vasta äskettäin Nieminen oli oppinut ymmärtämään, kuinka nopeasti aika kului. Samalla hänelle oli valjennut myös toinen asia: enää hän ei suostunut virkansa puolesta puhumaan perheen merkityksestä tai siitä, kuinka tärkeää on antaa aikaansa lapsilleen ja olla läsnä. Siihen hänen työpäivänsä olivat liian pitkiä.

Palan matkaa taittui ilman vastaantulijoita. Sitten mäennyppylän takaa ilmestyi taas auto. Jonnekin sekin oli matkustajiaan viemässä. Saattoi tietysti olla, että määränpäänä oli sama sairaala kuin punaisen Ladan Marialla ja Joosefilla. ehkä tämän toisen auton väki oli vain menossa kerrosta alemmas. Sillä osastolla isä teki kuolemaa. Hoitaja oli soittanut nyt illansuussa ja sanonut, että kannattaisi ehkä lähteä tulemaan.

Syövästä oli saatu tieto vasta kesällä. Ensin mielessä olivat vaihdelleet toivo ja sitä nakertava epäilys. Jospa tauti talttuisi, ehkä vuosia olisi jäljellä vielä kasapäin. Mutta syksyn myötä totuus oli tehnyt itsensä tykö ja toivo pelkistynyt siihen, että pääsisi vielä jouluksi käymään kotona. Siihenkään voimat eivät olleet riittäneet ja nyt, aattoiltana, elämä oli tullut kalkkiviivoille. Ilta kuluisi sairaalan vuoteen ääressä tuttuja, mutta kovin riutuneita kasvoja katsellen, käden rakkaita uurteita silittäen. Yön tullen Jumala armahtaisi. Nieminen huokaisi mietteilleen. Jossakin tämäkin joulukuvaelma esitettäisiin. Ja hän siunaisi.

Tie sukelsi pitkästä aikaa asuttuun maisemaan. Tyhjilleen jäänyt kansakoulu ja pari taloa peltokaistaleen takana tekivät kylän virkaa. Jokunen valaistu ikkuna kertoi elämän vielä pitävän kiinni oikeudestaan tähän maahan. Valaistuissa huoneissa käytiin jouluun, tiedä millaiseen.

Ehkä siinä oli koti, jossa nainen vietti ensimmäistä jouluaan yksin, ilman häntä, jonka kanssa niin monet joulut oli laitettu ja vietetty. Ensin omille pienille tähtisilmille, sitten jo varttuneemmalle jälkikasvulle. Nyt jo monena vuotena huoneet olivat täyttyneet lastenlasten touhuamisesta. Tai ehkä tänä vuonna kukaan ei tullutkaan. Siinä se oli, kuva piirongin päällä kahden kynttilän välissä. Mieli täynnä muistoja, silmät kyyneleitä. Ulkopuolisen joulu. Kunpa puhelin soisi.

Minkälaiset seurapuheiden ja saarnojen ainekset tästä saisikaan, Nieminen mietti. "Olin matkalla vaimoni kotipitäjään joulunviettoon. Muu perhe odotti jo perillä, saunankin olivat luvanneet lämmittää. Mutta kun matkaa oli vielä joitakin kymmeniä kilometrejä, auton moottorista alkoi kuulua kummallista kolinaa. Sitten se alkoi yskiä ja uuvahti lopulta tienposkeen. Onneksi aivan lähellä oli talo, jonka ikkunoista näkyi valoa. Päätin lähteä kysymään apua..."

Saarna jatkuisi niin, että sisältä pastori tapaisi yksinäisen vanhuksen, jonka harras rukous oli ollut, että joku tulisi käymään. Kuka väittäisi, että tapahtunut olisi sattumaa?

Tarinan voisi kertoa myös moneen kertaan rippileirin iltahartaudessa. Tai oppitunnilla rukouksesta puhuttaessa. Kyllä vanha kettu tiesi.

Nieminen virnisti. Samasta aiheesta olisi saanut mojovan "lukijakirjeen" hänen murrosikävuosiensa miestenlehtiin. Vanhan mummon sijasta talossa majailisikin blondi kuppikokoa E ja lomapäivät kuluisivatkin ketterässä telinevoimistelussa. Mutta jotenkin tuttu velmuilu ei nyt vain sopinut edes miehen tunnelmaan. Ei, vaikka miehen luonto ei kysynyt ammattia tai tittel iä. Räntäsade alkoi näin pohjoista kohti kuivua hiljaa leijuvaksi lumeksi. Matkakin kääntyi jo ehtoopuolelleen. Nieminen rakensi kuvaa loppuillan kulusta. Kello oli sen verran paljon, että lahjat jaettaisiin heti isän saavuttua. Appi oli luvannut pitää saunan lämpimänä, ja sinne olisi mukava hivuttautua myöhäisillasta parin huurteisen kanssa.

Nieminen palasi ajatusleikkiin, jolla oli joskus ennenkin itseään huvittanut. Jospa voisikin istua joulusaunassa Johannes Kastajan ja Joosefin kanssa? Saisiko Johannesta edes riisumaan kamelinkarvakamppeitaan ennen lauteille käymistä. Taitaisi palestiinalaisilla riittää saunassa ihmettelemistä.

Joosefilta olisi mukava hämyisässä löylyssä kysäistä asiaa, joka Niemistä askarrutti. Toimiko Joosef kätilönä Jeesuksen syntyessä? Tuskin eläimet ainakaan, eikä lapsenpäästäjän paikalle saapumisesta kerrottu mitään. Ja entäpä, kun itämaan tietäjien tullessa koko Joosefia ei enää näkynyt missään. Oliko tämä sattumoisin juuri silloin piipahtanut ulos tyhjentämään rakkoaan - tai ehkä kyllääntyneenä naisen ja lapsen ympärillä pyörivään tarinaan painunut majatalon puolelle oluelle? Hauska juttu, mutta Joosefkin taisi olla joulun ulkopuolisia. Asiantila, joka oli monen miehen kohdalla parhaillaankin perkeleellisen totta.

Nieminen huomasi edelleenkin miettivän työasioita, vaikka ne olivat jo parisataa kilometriä takana päin. Missähän sekin kolmen vartin kirkkovieras parhaillaan samoili?

Tie teki jo tutut mutkat, jotka enteilivät käännöstä oikealle. Sitten vielä kolmesataa metriä metsänreunan ja pellon välissä ja matka olisi tehty. Nieminen käänsi auton hyvin lingotulle pihatielle, jonka päässä näkyivät anoppilan valot. Keittiön ikkunaan oli ripustettu tuttu enkeli palelemaan talvikylmää lasia vasten. Monivärinen valosarja kiemurteli pensaassa nurmikon laidassa. Poltin puhalsi savuhattaraa tummalle taivaalle. Joulu lepäsi pihapiirissä vahvana ja tosissaan.

Niemistä väsytti. Olo oli jotenkin tyhjä. Nyt olisi totuteltava edessä oleviin vapaapäiviin ja yritettävä kestää lasten kovat äänet. Kyllä se siitä, hän tuumi. Ja Leena saisi kehdata elää avioliitossa vieraskamarin pelkästä hengityksestäkin natisevalla vuodesohvalla. Mutta jos naapurin isäntä poikkeaisi tapanina ja alkaisi kertoa iänikuista vitsiään siitä, kuinka joulu peruutettiin Joosefin tunnustettua, hän vetäisi turpaan. Ehkä sen saisi anteeksi samassa köntässä kaiken muun kanssa.

Nieminen pysäytti auton ja huokaisi. Maalla rauha ja ihmisillä. Tässä. Sitten hän alkoi vääntäytyä ulos matkan kangistaman sumopainijan ketteryydellä.

Vihreä ulko-ovi aukesi ja kynnykselle ilmestyi tuttu hahmo. Olli, Niemisen pojista nuorempi, oli päivystänyt ikkunassa.

– Iskä, Pasi haukkui minua siaksi!

Maassa oli rauha, ihmisillä hyvä tahto. Korkeuksissa Jumala katseli tätä kaikkea ja rakasti pieniä poikia.

Nieminen nosteli laukkunsa auton tavaratilasta ja mietti, että tulikohan kahvinkeitin varmasti pois päältä.

"GET INTO THE COMFORT ZONE"

Oli talvi. Kello oli 22.45.

Juna lähtisi Oulusta yhdeltä, joten aikaa oli mukavasti. Seuraavalla asemalla pitäisi kuitenkin pysähtyä tankkaamaan.

Auton tasainen hurina nukutti. Pari kertaa Nieminen oli innostunut kovaan lauluun pysyäkseen virkeänä. Jäsenissä painoi mukava lomantynkä ja hyvä saunominen lähdönpäässä. Martti oli saanut jäädä jatkamaan oloaan veljesten vanhalle kotipaikalle. Niemisellä oli etelässä työnsä, vaimonsa ja monta muuta asiaa, joiden tarpeellisuudesta hän juuri nyt ei ollut aivan varma. Vierailut synnyinmaisemissa merkitsivät hänelle niin kuin monelle hänen tapaansa lähes Suomen mitan pääkaupunkiseudulle valuneelle kohtalotoverille, paluuta kodikkuuden vyöhykkeelle, hetkien rauhaan.

Veljekset tapasivat harvoin, mutta välit olivat silti säilyneet vuosien halki lämpiminä. Lämpimät olivat olleet myös viimeiset löylyt, ikään kuin sinetiksi tälle ja tervetuliaisiksi seuraavalle kerralle.

Sähköttömässä, tummassa saunassa oli ollut mukava turista ja muistella menneitä. Niemistä hymyilytti vieläkin Martin kertoma juttu Kallusta, veljesten jo autuaasta enosta, jonka norttihuulisen olemuksen hän hyvin muisti nuoruuden kalareissuilta ja illoista, kun istuttiin miesten kesken.

Kallu oli ollut ikänsä valtion leivissä Metsäntutkimuslaitoksella. Niissä asioissa hän oli kiertänyt ympäri Suomen, pohjoista myöten. Loma-aikoinaan hän oli pölähtänyt sukulaistalon pihaan legendaarisesti röpöttävällä kuplavolkkarillaan, mutta virka-ajossa alla oli kaiketi ollut kruunun peli.

Oli miten oli. Martti oli muistellut, että yhdellä reissulla jossakin Pohjan perillä bensatankki oli uhkaavasti vajentunut ja matkaa maalikyliin oli. Tienvarren talosta löytyi kuitenkin apu. Siellä tiedettiin kertoa noin kymmenen kilometrin päässä olevasta sekatavarakaupasta, jonka pihamaata somisti myös polttoainepumppu. Kallu oli saanut hyvät ajo-ohjeet ja jatkanut niiden turvin kohti luvattua keidasta.

Kun kauppa löytyi, ilta oli jo pitkällä. Kauppiaalla oli huoneet myymälänsä yläkerrassa ja ikkunoista loisti lupaava valo. Kallu kolkutti ovea ja pian sen takaa kuuluikin alas rappusia laskeutuvien askelien ääni. Nainen, ilmeisesti kauppiaan rouva, avasi. Herrasmiehenä Kallu tietysti pahoitteli vierailunsa myöhäistä ajankohtaa, esitti asiansa ja kertoi arvelleensa, että maalla autettaisiin kulkijaa näin varsinaisen myymäläajan ulkopuolellakin. Rouva meni tästä vähän vaivautuneen oloiseksi ja sanoi: -Kyllähän sitä myytäisiin. Kävi vain niin, että laskut jäivät maksamatta ja hakivat säiliön pois. Seurasi hiljainen hetki, kunnes rouva ratkaisi pulman tomerasti: -Mutta tulkaa toki sisälle, niin keitetään kahvit!

Niemiunen muisteli kuulleensa tarinan joskus aikaisemminkin. Kallusta kerrottiin paljon juttuja. Sen sijaan hän sen paremmin kuin Marttikaan ei ollut muistranut, miten tarina jatkui. Jotenkin Kallu oli pulmasta selvinnyt, koska hänet sen jälkeen oli vielä ihmisten ilmoilla nähty.

Edessä loistivat automaattiaseman valot. Nieminen kurvasi tankille ja sammutti moottorin. Ulkona pakkanen pisteli ihoa. Polttoainetankin korkki sihahti auetessaan. Käsi haki taskusta lompakkoa.

Tasku oli tyhjä. Nieminen avasi auton oven ja kauhoi repsikan penkillä lojuvia tavaroita ja kurikisti hansikaslokeroon. Turhaan.

Mieheltä pääsi sähäkkä saatana. Lompakko oli ollut housujen taskussa, kun he olivat Martin kanssa menneet saunaan. Pukuhuoneessa hän oli nostanut sen pöydälle, ettei se vain olisi tipahtanut tyhjistä housuista hämärälle lattialle.

Mittarikatoksen valot loistivat. Auton etuistuimella oli aikataulukirja. Sen kannessa kiilteli harmaa manosteksi: "Get into the Comfort Zone".

Oli talvi. Kello oli 22.55.

KADONNUT LAMMAS

Nimetön lauantai käy kymmentä. Nieminen istuu sängynlaidalla ja haravoi makuuhuoneen lattiaa. Toinen sukka on hukassa.

Nieminen tuhahtaa. Jälleen kerran jotain on kateissa, unohtunut tai muuten vain väärässä paikassa. Loputon tavaroiden etsiminen syö miestä. Liekö kilometrejä matka, jonka hän on virkaurallaan kulkenut kotioveltaan autolleen ja takaisin. Syinä ovat vaihdelleet unohtunut lompakko, avainnippu tai kahdeksankymmenvuotiaan onnittelukirja. Silloin tällöin hänen on ollut pakko soittaa omaan kännykkäänsä kuullakseen, missä päin se soi. Ain laulain töitäs tee.

Nieminen huokaa. Onhan niitä kaapissa lisää.

****

Nieminen painaa kaasua. Ruosteesta hapero pakoputki pieree rumasti. Tie kappelille on tuttu.

Tuttu on myös vainaja, jota hän on menossa saattamaan.. Mies, jonka nainen ja Jumala noukkivat ojasta ja panivat järjestykseen. Kadonnut lammas, joka löytyi. Nieminen muistelee ajaessaan Peran kertomaa juttua. Tapaus oli ajalta, jolloin tämä oli istunut lammenrannan ryyppyremmissä. Kerran oli käynyt niin, että oli pitänyt lantrata pirtua pöytäviinalla. Lampi oli nimittäin vetänyt jäähän eikä kellään ollut vettä joukossa.

Tästä ei ole siunauspuheessa erikseen mainintaa.

Tie kaartaa kappelille. Piipun päästä hiipii savu. Lasiseinän läpi näkyy sisälle. Pera on jo paikoillaan, suntio laittaa virsiä. Nainen. Ajatus viipyy.

Nieminen pysäköi ja tumppaa purkan tuhkakuppiin.

****

Jos mä sitten matkamies maan. Urut soivat loppuun. Nieminen kyllä tietää, että ne eivät soi, vaan pukilla on kanttori Saarinen näpelöimässä instrumenttia. Mutta pitää nyt ihan nyanssista tarkan Saarisen kiusaksi sanailla näin mielessään.

Nieminen kävelee arkulta istumaan seinänvierustalle.

Virsikirja unohtuu alttarille. Kukkatervehdysten jälkeen hän ei siis laulaisi.

Saattoväki on tummissaan. Kaukaisemmat miettivät jo, missä välissä kukakin vie kukkansa. Salin keskivaiheilla istuu tuttu poika, kirkkokuoron tenoreita. Se on ollut taloyhtiön hallituksessa niin kuin Perakin. Myös muutama ystävä seurakuntakodin keskiviikkoisista miestenilloista on lähtenyt kappelille lihottamaan muuten pääasiassa sukulaisista koostuvaa laumaa. Ensi viikolla juotaisiin saunomisen päälle Peran muistokahvit, niin oli tämän rouvan kanssa puhuttu.

Leski nousee etupenkistä ja ottaa kimppunsa. Poskille on valunut muutama lääkepuudutettu kyynel.

70

Yhtäkkiä Niemistä kouraisee. Arkussa makaa mies valkeissa vaatteissa. Lattialla katafalkin vieressä köllii musta mytty. Juuri äsken hän puhui kauniisti kadonneesta lampaasta, joka löytyi.

VOODOO CHILE

Kello oli käynyt kymmeneen. Oli lauantai ja ulkona pilvipouta, mikäli säätiedotus oli yhtään pitänyt kutiaan. Iltapäiväksi oli luvattu kuuroja.

Mäkinen availi silmiään. Se tapahtui pikkuhiljaa ja varovasti. Syy tähän takoi päässä: kupariseppien sinfonia riehui aivolohkosta toiseen. Jossain ulvoi saha.

Mäkistä yrjötti. Vaimo ja lapset olivat lähteneet Kangasalan anoppilaan viettämään kesäpäiviä. Hän itse oli poikennut kylpemässä yhden lionsclubiveljen luona ja olihan siinä sivussa tullut otettua jokunen desi kirkasta. Mutta siihen viskiin ei olisi pitänyt koskea.

Saha mourusi, mourusi, mourusi.

Mäkinen sai itsensä istualleen ja kurottautui kohti ikkunaa. Kuka helkatti räyhäsi teräketju punaisena ja missä!

Varovasti hän uskaltautui raottamaan ikkunaverhoa. Pilvinen taivas suodatti valoa armeliaasti kipeille silmille. Silti sisällä läikkyi.

Naapuri saatana! Pappi perkele! Nieminen!

Viereisen talon pihamaalta kuului iloisen työn ryske. Nieminen oli tilannut useamman heittomotin metristä koivuhalkoa pihansyrjään ja painoi nyt puuta pienemmäksi huksvarna uhkuen. Sillä ei tietenkään ollut kankkusta, kun se ei ottanut. Miksei se ollut hautajaisissa?

Vähän kerrassaan kuva muuttui värilliseksi. Niemisellä oli päässään bussifirman lippis niin kuin sillä aina oli pihatöissä. Hyräiliköhän se virsiä? Kai sillä sentään oli kännykkä taskussa?

Kankkusen kourimissa aivoissa välähti. Tietysti! Soitan sille ja sanon että nyt meteli poikki! Lauantaihan on melkein pyhä ja lepopäivä. Mäkinen tarttui yöpöydällä olevaan puhelimeen ja muisti, ettei muistanut numeroa eikä sitä ollut puhelimenkaan muistissa. Kommunikointi tapahtui useimmiten tontteja erottavan pensasaidan yli. No, yhteystiedot kai löytyisivät luettelosta. Hiki otsalla hän kurkotteli luettelon sängyn ja seinän välissä kykkivästä laatikostosta. Se oli edellisvuotinen, mutta kyllä sieltä yksi Nieminen löytyisi. Vai olikohan sen numero seurakunnan kohdalla - sormi selasi ässän kohdan esille. Seu-seu-seurakunta – katso Vilpunkosken seurakunta – no niin tietysti! Vielä hetken haettuaan Mäkinen löysi oikean kohdan. Haa, siinä se oli, Nieminen kännykkään, 050 ja niin edelleen. Kylmä kalkkuna valmisti mielensä kuumalle linjalle. Saha jatkoi vihlovaa menoaan.

– Nieminen tässä, terve. Juuri nyt suoritan metsurin töitä ja muita moottorisahauksia. Rovasti Korhonen päivystää. Palaan töihin tiistaina. Siihen asti siunausta sinulle ja kiitos soitosta! Piip.

Mäkinen sulki luurin. Se oli jollakin helvetin vapaalla ja rentoutui rehellisellä työllä. Ja terve Nieminen tuntui tosiaan olevan: veteli moottorisahalla aamusta kuin mikäkin hendriksi.

Peilipöydällä oleva kello näytti vartin yli kymmentä. Sen vieressä tilannetta tarkkaili vaimon jäljiltä oleva neulatyyny. Matonkulmalta katsoi nuorimmaisen nukke.

Viskihuurun jälkipoltossa helähti ajatuksen kannel. Ensimmäisen kerran sinä aamuna Mäkinen hymyili, - vähän vinoon.

VIIMEINEN LOUNAS

Astumme ovesta, minä edellä. Erkki ja Nieminen tulevat perässä. Sisällä vallitsee lounasajan jälkeinen autius. Asiakkaita ei näy. Seinään paiskattu kello mittaa aikojaan. Kattoon pultattu televisio pyörittää ostoskanavaa.

Johdan joukon kassalle, panen käden taskuuni ja vedän lompakon valmiiksi esille. Teemme tilauksemme. Nieminen ottaa kebabin ranskalaisilla niin kuin aina, Erkki talon spesiaalipitsan ja minä sellaisen Al Capone – jutun. Dalmatialainen ei pääse pilkuistaan.

Raavimme salaattia tiskistä, poimimme aterimet ja kovassa käytössä harmaantuneet juomalasit. Nypimme servietit telineestään. Nieminen kahmoo kylmäkaapista vesikannun välikäteensä.

Ongelmat alkavat pöydän luona. Rikospoliisi, päihdetyöntekijä ja pastori. Jokainen meistä haluaisi asettua niin, että voi pitää silmällä salia ja vahtia saluunan ovea. Tiedämme, että selästään kannattaa pitää huolta.

Katselemme toisiamme. On selvää, että syöminen niin, että istuisimme kaikki samalla puolella pöytää, olisi outoa. Illallista niin oli joskus nautittu, siitä sitsistä oli olemassa Leonardo da Vincin taulukin. Mutta mainittu einehtiminen oli tunnetusti jäänytkin viimeiseksi.

Hiljaisuus vallitsee. Sitten Erkki murahtaa antavansa myöten. Minä ja Nieminen könyämme seinän puolelle. Erkki asettuu meitä vastapäätä, selkä uhmakkaasti ovelle. Hiljennymme odottamaan annoksia. Seinään paiskattu kello mittaa aikojaan. Kattoon pultattu televisio pyörittää ostoskanavaa.

74

Yhtäkkiä Erkki ähkäisee, tarttuu rintaansa ja romahtaa. Nappaan selkäytimelläni kännykän ja painan näppäimiä. Toivon, että Porissa vastattaisiin puheluun pian. Mietin, että Erkki oli näyttänyt jo aamusta pahalta.

Linja aukeaa, selostan tilanteen. Apua luvataan. Nieminen on jo aloittanut elvytyksen. Erkin kravatti roikkuu löysänä. Pizzerian ovi kolahtaa niin kuin joku olisi astunut sitä kadulle. Seinään paiskattu kello mittaa aikojaan. Kattoon pultattu televisio pyörittää ostoskanavaa.

Ajatukset hiljentävät Mustan Pekan kohdalla.

Masa veti sen edessä pullon kossua huikalla

ja voitti vedon,

mutta sitä vetoa ei voinut lunastaa.

Masa oli huono

Cooperin testissä,

hyvä selittämään,

kun filtterit levisivät farkuntaskusta juhlasalin lattialle.

Käytiin joskus Särkijärvellä soutelemassa,

kun oli kevät ja edessä kokonaisia kesiä.

Tänään on karaoketanssit,

mainos kapakan seinässä kulahtanut, pohjaannjuotu.

HYVÄ, LÄMMIN, HELLÄ

Olemme lainaa

rannalle ja metsälle

hauraalle järvelle

jonka ympärille kevät on kaivanut vallihautansa.

Ilmassa liikkuu säveliä.

Ne kertovat, että Jeesus lähti juuri Chicagosta

ja on nyt matkalla tänne.

Peralla on saksofoni.

Se puhuu meistä totta.

TÄMÄN RUNON HALUAISIN KIRJOITTAA

Pitkät ja kuumat päivät ovat Jäminkipohjassa. Kesäkuu vasta vetelee viimeisiään, mutta heinäkuu tuntuu jo tulleen. Se on lässähtänyt maiseman päälle kypsänä ja valmiina tukahduttamaan luovuuden.

Aion panna hanttiin. Kävelen kylille ja ajattelen runoa, jonka haluaisin kirjoittaa. Teknisesti osaan synnyttää sanoja. On eri asia, miten pitkälle se auttaa. Juuri hiljattain joku purnasi internetin kirjallisuussivuilla, että nykyrunoa eivät ymmärrä muut kuin runouslehtien toimittajat ja muut ammattilaiset.

Kaiken kikkailun tiedän kokemuksesta typeräksi. Se toimii ehkä **Juice Leskisen** ja muutaman muun lauluissa, mutta kestää harvoin painamista. Ruutulehtiö ja pullo punkkua on myös huono keino. Sitä paitsi viimeiset rivit eivät silloin ole kovin selviä.

Täytyy kävellä, niin kuin **Anssi Kela** Nummelaa. Käveleminen auttaa oikeasti. Sen verran olen vähäisestä kirjoittajakoulutuksesta oppinut. Juokseminen ja pyöräily taas ovat liian ravakkaa menoa ja luutivat pään tyhjäksi. Päätän ostaa kaupasta jäätelön ja nuoleskella sitä pohdiskelevasti.

Ostan kylän ainokaiseksi jääneestä K-puodista paitsi jäätelön, myös muovikassin ja makkaraa. Aika liikkeessä on toinen kuin joskus, mikä ei ole uutinen. Iäisyys sitten sieltä ei voinut ostaa rasvatonta maitoa. Ei kuulemma kannattanut pitää kaupan, kun sitä meni niin vähän. Runoon on pakko panna menneen hipaisu, olenhan kirjoittanut puoli kirjaa pienuuteni kesistä täällä. Mutta vain jokin viitteellinen.

Jäätelö, makkaraa ja muovikassi.. Niissä on hyvä alku. Kesällä syödään jäätelöä ja paistetaan makkaraa. Äkkiäpä ne kasvavat symbolisiksi esineiksi ja kapinalipuiksi linjatietoisessa yhteiskunnassa. Muovikassi sopii hyvin kuvastamaan huoletonta ja pikkaisen renttua meininkiä, jonka vallaton virkamies sallii itsellensä lomalla.

Ja tietysti tilkka eroottista nektaria kostuttaa kaakun meheväksi. Kesä on riisumista vaativia vaatteita ja kohtaavia ihoja: totuudeksi jää aina, että Jumalan ihmiselle antamista käskyistä ensimmäinen vaati rakastelemista. Siitä lähtien olemme olleet asian kanssa pääsemättömissä. Mutta taikajuomaa on lorautettava taiten. Muovikassini kanssa olen kuitenkin valmis sanomaan yhteisiin asioihin vihkiytynyttä tyttöäni tytöksi jo siitä ilosta, että saan aamulla nukkua pitkään eikä pyykkinarulla ole juuri nyt mitään viikkailtavaa. Kerron tämän liikennemerkille, joka töllistelee menoani tienpenkassa.

Sanoihin olisi vielä saatava säilötyksi tuntu siitä, että täältä minua ei löydä kukaan. Olen piilossa piispalta ja sähköpostilta. Maa kannattaa hyvin ja ilma, vaikka siis makaileekin kaiken yllä kuin heinäkuu, tekee kanssani tuttavuutta suopein elkein. Huomenna voi sataa, mutta sittenpähän on hyvä kirjoittaa. Runoilla ei kuulemma ole oikeasti nimiä, mutta tällä on. Olkoon se kaiken päälle korni. Mutta syntyykö runo vai pitääkö se tehdä? Tätäkin on moni m miettinyt ja siitä toisten kanssa kinannut. Ehkä se on syntynyt, kun palaan kyläkierrokseltani. Mutta tekemättä se on vielä. Syksymmällä hioskelen sanat valmiiksi – ja luen menneitä ja tulevia tuumaillen.

Kesätunnelma

Poika kävelee kylänraittia.
Liikennemerkki hymyilee
hampaattomalla suulla.

Poika kaluaa jäätelötikun tyhjäksi
ja virnistää,
tyttö hymyili aamulla
muovikassissa makkaraa ja ilma
variksenmarjanektaria.

Poika tekee liikennemerkille hampaan
huomisen sateen varjosta.

HÄNEN IHANISSA SILMISSÄÄN

Järvivesi ei ole oikeasti sinistä. Sen värisenä selkä kuitenkin nyt helottaa. Sinne tänne tipautetut vihreät saaret kutovat maiseman kotoiseksi. Suomi. Kaupunki piiloutuu metsään. Vetelen venettä harvaan tahtiin. En ole menossa minnekään. Olen kuin kuka tahansa risteilymatkustaja: lähden, en käy missään ja palaan takaisin. Ripaus sarkasmia mielelläni onnittelen itseäni siitä, että olen tässä. Se tarkoittaa, että tänä vuonna olen saanut aikaiseksi kääntää veneen talviteloiltaan. Aina niin ei ole tapahtunut, vaikka olen uskollisesti maksanut venepaikkamaksuni pursiseuralle. Joskus aikaisemmin järvelle lähtemisen pakko on suorastaan stressannut. Pitäähän, kun asutaan niin lähellä rantaa. Kun on vene ja mahdollisuus. Pitkään aikaan tällainen ei ollut taakoittanut ajatuksiani. Pään kivut kannattaa säästää oikeisiin asioihin. Mennään, jos huvittaa. Katselkoon joku sydänkesän maha pystyssä rannalla köllivää paattiani ja jahkaiskoon siitä jotakin, jos ei löydä pikkukaupungista mitään mielenkiintoisempaa.

Joka tapauksessa nyt olen vesillä. Lihasvoimalla ja hyvässä seurassa. Katson perän painolastia ja hymyilen.

Selkäni takaa oikealta lähestyy pauhu. Moottorivene. Joukko onnellisen oloisia ihmisiä huutaa toisilleen. Jotakin menee perille, osa asiasta häviää eittämättä tuuleen. Matkue pienenee vasemmalle.

Soutaminen ottaa energiansa. Siksi pidän vauhdin maltillisena, vaikka vene on hyväliukuinen. Kansakoulussa – sillä nimellä se taisi silloin vielä juuri ja juuri kulkea - saimme jonain vuonna kesäksi kuntokortin, johon oli mahdollista kerätä erilaisia suoritteita ja muistaakseni niitä kaverini kanssa aika hanakasti kokosimmekin. Jotakin palkkiota oli luvassa. Yhtä merkintää varten piti pyöräillä puoli tuntia, soutamista riitti vartti. Opin myös kölvinä kesämökillä, ettei kannattanut kiirehtiä heittämään tikkaa, jos oli ollut soutamassa isälle verkkoa. Tarkkuus jäi airon varteen. Silti myin joitakin vuosia sitten perämoottorini. Kyllästyin karjumaan kumppanilleni veneessä. Näin on mukavampi. Yleensä kyllä olemme vaiti.

Mitä sitä aina.

Aurinko tykittää niskaan. Kesä on päässyt vauhtiin vasta viimeisellä kolmanneksellaan. Elokuussa lomailleena en yhdy suvisäitä noituvaan kuoroon. Auringossa on kuitenkin jo hitunen loppukesän viileyttä, jos kohta aika ajoin hautovaa lämpöäkin. Ehkä juuri tämä luo elokuun jälkipuoliskoon jollain tavalla enteellisen tunnelman. Kohta tämä loppuu, tulevat kalseat syysilmat. Kirkkaina iltoina järvi on kuin kahvia, jossa pilvet uiskentelevat. Rannat tyhjenevät, kaupungin tori kutistuu.

Clouds In My Coffee... olen onneksi aina pitänyt syksystä. Ja Carly Simonista. Siinä on muuten Jim Gordon rummuissa.

Vene viistää liki saarta, jossa könöttää mökki. Kesäasukas on vielä maisemassa. Kuusissakymmenissä oleva mies voi laiturin kupeessa pahoin heinikkoon.

Annan katseeni kiertää selkää, auringon kirjomaa sinistä. Tämä on nyt. Viimeinen kesä, aina jollekin tai ennen jotakin. Ennen avioeroa, kuolemaa, murrosikäisen lapsen ensimmäistä humalaa. Ennen lomautusta. Mutta joku tämän vielä nauttii. Minä nautin tämän niin kuin nautitaan Taivasten valtakunta.

Hymähdän. Olen valahtanut filosofiseksi.

Täällä järveltä voisi kuvitella, ettei rannalla olekaan kaupunkia. Sen paljastaa oikeastaan vain tehtaan lämpökeskuksen piippu, joka törröttää metsän yli ulottuvana kuin karttaan pistetty nuppineula. Se merkitsee kodin. Tälle selälle en eksy.

Niin kuin järvelle eksyminen olisi ongelma. Niin kuin kaupungin rannasta ei osaisi kotiinsa. Mutta elämässä pitäisi olla eksymättä ihan toisessa mielessä ja mittakaavassa. Olisi löydettävä kotiin paljon isommassa merkityksessä...kirkas ja kypsä kesä panee siristämään silmiä. Jossakin sisälläni on kuitenkin keski-iän kasvava varjo, joka tekee kantajansa pala palalta tietoisemmaksi siitä, että matkan suurempi ja todennäköisesti helpompi puolisko on jo taitettu. Se varjo on aavistuksen kumara. Iän karttuessa yllätykset alkavat yhä harvemmin olla mukavia.

Mutta nämä ovat toisen maailman asioita. Vielä tämän minä nautin. Huominen on sunnuntai, ei kiirettä mihinkään. Kello herättää varhain vasta maanantaina. Silloin on aika olla tyytyväinen siihen, että on työ, johon lähteä. Ja jalat, joilla mennä. Siihen on lähes kaksi yötä ja pitkän päivän iltaa.

Katson kumppaniani perätuhdolla. Keurusselän sini on tallentunut hänen silmiinsä. Ehkä se on niissä vielä Urheiluruudun jälkeen. Hehkuttihan paikallislehtikin hiljattain etusivullaan lähiliikunnan riemua.

Etsin suojaa.

Löydettyäni heittelen sinua

sydämenmuotoisilla palloilla,

tunnustan rakkauteni

enkä suostu korjaamaan sanojani

nurkistasi ikinä.

KUINKA VASTAMÖRKÖ SAI NIMENSÄ

Kun käyt joulusaunassa, älä unohda kelloasi pukuhuoneeseen.
Muitakin kuin tonttuja saattaa olla liikkeellä.

Olet varmasti joskus kuullut möröistä. Yksi sellainenhan liikuskelee Muumilaaksonkin vaiheilla, ja silloin Mamman kukat kylmettyvät. Mutta nyt kerron sinulle olennosta nimeltä Vastamörkö. Toisin kuin möröt yleensä, hänen olemukseensa kuuluu suunnaton hyvyys ja lämpöisyys. Vastamörön tunnistaa myös vahvasta keltaisesta väristä, joka leviää hänen kasvoilleen aina, kun hän on herkutellut mandariineilla. Niiden makua hänen on vaikea vastustaa, ja tämän vuoksi hän ajautui kerran lähes kohtalokkaisiin vaikeuksiin Kiinassa. Sinne hän oli joutunut liityttyään epähuomiossa matkaseurueeseen, jota johti joku rotary. Vai olisikohan se kuitenkin ollut rovasti?

Keltaisuuden lisäksi hyvä tuntomerkki ovat myös rehvakkaanpunaiset venkselit, joita Vastamörkö käyttää. Erityisesti lapset pyrkivät kaiken aikaa venyttelemään ja paukuttelemaan niitä. Kerran niistä kiskoi eräs rikoskomisariokin, mutta se taas on aivan eri tarina ja tapahtui kaiken lisäksi Vilppulassa.

Pitkään on luultu, että Vastamörön nimi juontuu juuri hänen hyvyydestään ja lämpöisyydestään. Nyt on kuitenkin aika tuoda totuus julki. Vastamörkö on syntyisin Australiasta. Mutta koska hän on Mies, hän on kulkija luonnoltaan, ja niinpä nimenanto tapahtuikin Suomessa, jossakin Vihtavuoren itäpuolella. Tänne Pohjan perille Vastamörkö oli seilannut suurella rahtilaivalla, joka kuljetti sattumoisin mandariineja. Palkakseen hän oli saanut syödä

86

kuormasta. Kun Suomen Merimies-Unioni kuuli tästä, laiva saarrettiin satamaan. Vastamörkö itse oli tuolloin jo jatkanut matkaansa.

Tarinan kuulin Vastamöröltä itseltään sydänkesäisenä iltana, kun istuskelimme serkkuni rantasaunalla. Kyhnytin hyttysenpuremista kutiavaa selkääni ulkoseinän pystylaudoitukseen ka antauduin kertomuksen lumolle. Ja minulla oli koko ajan hiki.

Mutta nyt annamme hänen itsensä kertoa:

"Laivani oli saapunut Turun satamaan ja päätin karata maihin. Livahdettuani alukselta nousin läheisellä ratapihalla tavarajunaan. Olin merimuonan takia perin keltainen ja luonnostani siis lämmin. Niinpä olikin aika vaikeaa pujahtaa kyytiin huomaamattomasti. Lämpöisyyteni kääntyi sittemmin varsinaiseksi riesaksi. Junassa nimittäin oli myös säiliövaunuja, joissa kuljetettiin jotakin minulle tuntematonta kemikaalia. Ensimmäinen vaunu räjähti Urjalassa. Sivuutan tässä joitakin yksityiskohtia kertomuksen jouduttamiseksi. Erinäisten vaiheiden jälkeen päädyin kuitenkin Pieksämäelle.

Pieksämäki on kaupunki, jossa ei voi keksiä mitään. Niinpä jotakin keksiäkseni kävelin ulos kaupungista. Olin likainen ja hikinen, koska olin itseni seurassa. Ja missä minä olen, siellä lämpö nousee.

Eteeni avautui muheva maaseutu. Oli toukokuu ja pellot huokuivat keväistä kasvuvoimaa. Sonta haisi ja linnut sirkuttivat. Siellä täällä saunanpiipuista nousi taivaalle viehkeitä kiekuroita. Pilviä ei näkynyt missään.

Olin tutustunut saunomiseen joitakin vuosia aikaisemmin. Tuolloin Siperian Karju ajoi minua takaa halki Jakutian ja piilouduin koko talveksi yhden leskirouvan mökkiin. Oleilin siellä, kunnes tönö alkoi keväällä tuntua turhan ahtaalta. Emäntä oli päässyt talven mittaan herkuttelusta pyöristymään...mutta jätetään se juttu toiseen kertaan. Olin joka tapauksessa mieltynyt saunomiseen kovasti. Ja aivan erityisestä syystä. Nimittäin kun olin pieni, äitini onnistui pudottamaan minut lattialle. Ensi alkuun luultiin, että tapahtuneesta selvittäisiin pelkällä suurella porulla. Sittemmin kävi ilmi, että siinä hötäkässä lämmönsäätelykeskus aivoissani oli nuljahtanut jotenkin väärin päin. Siitä asti olen palellut joutuessani hyvin lämmitettyihin, suljettuihin tiloihin. Toisaalta olen huomannut rankan saunomisen viilentävän tunteitani mukavasti. Ja nyt tuntui pikku vilvoittelu olevan tarpeeseen.

Minun siis rupesi tekemään mieli löylyyn. Aloin katsella ympärilleni sillä silmällä. Hetken kuluttua huomasinkin erään talon pihamaalla naisihmisen kulkemassa saunarakennukselta tuvalle päin. Isäntä seurasi kohta perässä. Päättelin saunan jääneen tyhjilleen ja ajattelin käyttää tilaisuuden hyväkseni. Odotin, kunnes pariskunta oli päässyt pirttiin. Sitten hiipparoin vähin äänin saunan ovelle. Se narahti vienosti, kun livahdin sisälle pukuhuoneeseen.

Hyökkäsin lauteille ja heitin vettä kiukaalle. Vihtomisen jätin kuitenkin vastaisen varalle. Sauna oli mallia, jossa peseytyminen tapahtuu samassa tilassa kuin löylytteleminen; shampoo on kuumaa ja saippua notkeaa. Mutta minua se ei haitannut nyt laisinkaan. Kohta tunsinkin olevani sopivan cool.

Kylvettyäni aikani istuin saunakamarin penkille lepäämään.

Samaan aikaan pirtissä tapahtui kuitenkin jotakin, mitä tapahtuu lauantai-iltaisin tuhkatiheään. En tiedä, onko sinulle käynyt niin, mutta isällesi varmasti. Ukko nimittäin rupesi kaipaamaan kelloaan. Ja se oli luonnollisesti unohtunut saunakamarin pöydälle. Äijä lähti tietysti hakemaan sitä.

Eipä aikaakaan, kun kuulin kauhukseni askelien lähestyvän saunan ovea. Seisoin keskellä saunakamarin lattiaa lähes nakupellenä. Olin saanut ylleni vasta shakkiruudulliset bokserini, jotka nyt haukahtivat uhkaavan vaaran merkiksi. Ja nyt ovea jo avattiin! Hätäpäissäni nappasin käsiini seinällä naulassa roikkuvan vihdan. Jospa onnistuisin lymyämään sen taakse piiloon! Samassa uksi jo aukesi ja isäntä oli sisällä!

Isännän silmät sattuivat minuun. Hetken kaikki oli pysähdyksissä. Sitten mies päästi hyytävän huudon, kääntyi niiltä sijoiltaan ja pyyhälsi pihan poikki kohti pirttiä. Mennessään hän kailotti:

– Apua! Apua! Saunassa on Vastamörkö!!

Ei auttanut kuin painua salamana maantielle. Tiedä, minkälaiset juhannustanssit emäntä olisi apuun ehdittyään minulle muuten järjestänyt! Tällä välin isäntä oli alkanut kiertää pihassa ympyrää ja toistella yhtä ainoaa sanaa: - Nook. Kävellessäni tienvartta kauemmas talolta saatoin pitkän aikaa kuulla tuon tasaisesti toistuvan naukaisun: - Nook.

Minkäpä ukko sille mahtoi. Hyvä, lämmin ja hellä olen, mutta mörkö kuitenkin. Möröltä myös näytän. Nook. Tuosta illasta lähtien ukko on muuten tunnettu ympäri Savonmaata "Rantakylän typeränä nooknottajana". Hän nimittäin vastaa nykyäänkin kaikenlaiseen puhutteluun ykskantaan, että "Nook".

Koska maalla kaikki tietävät kaikki asiat, tieto tapauksesta levisi kulovalkeana koko kylään ja pitäjään. Ja niin edelleen. Ukko ei näin ollen jäänyt ainoaksi, joka ristittiin uudelleen. Kuvaamastani lauantai-illasta lähtien minua itseäni on kutsuttu Vastamöröksi."

Näin tarinoi Vastamörkö eräänä sydänkesäisenä iltana siitä, miten hän sai nimensä.. Paljon muustakin hän rupatteli, eritoten seikkailuistaan serkkunsa Pastamörön kanssa: kuinka he kohtasivat häijyn Kyljyshengen ja tutustuivat Galina Kaaleppiin ja tämän käänteisuuniin, tai kuinka taskuvaras Osman Käämi johdatettiin kaidalle tielle. Puhumattakaan siitä, kun serkukset kerran ajautuivat Etelämeren saarelle, jolta kaikki miehet olivat paenneet - osa jo ennen syntymäänsä. Enempää en niistä kuitenkaan nyt sanaile. Mutta ehkä Vastamörkö taas jonakin päivänä ilmestyy venkseleitään paukutellen tanssimaan tietokoneeni näppäimille ja kuulet tuon kaiken. Sitä odotellessasi voit keksiä vaikka itse omia tarinoita. Tai pyydä isääsi kertomaan. Onhan hän Mies ja ehkä kulkija luonnoltaan.

KÄSIRAUTA

Isä on kova jätkä.

Isällä on käsirauta.

Se näkee koneesta miten menee

eikä saa ylennystä reservissä,

ja kun miesporukassa syttyy sota

se puhuu runoista

kauniisti ja jotenkin orpouttaan.

Isä on kova jätkä.

Isällä on käsirauta.

Sellaisia ei saa enää rakentaa.

Sauna roikkui rannalla, puoliksi veden päällä. Kuistin lattialautojen välistä saattoi katsella aaltojen liplatusta. Järven toisella puolella Tampere uhkui kasvukeskuksen voimaa. Ovi kävi.

– Aaaa---saakelin folio, kun polttaa sormia! Puustinen pyyhälsi ulos. Käsissään hänellä oli alumiinimytty, josta höyrysi jauho ja rasva.

Makkarat laskeutuivat seinänvieruspenkille. Ulappa henki kevään kolkohkoa, mutta kesää lupailevaa iltaa.

– Näyttää hyvältä.

– Ja haisee.

Pari tölkkiä liittyi seuraan. Niiden kyljissä oli eläin. Astiat sihahtivat auetessaan herkästi.

– Uskadaaraa.

– Ja lehiputalempun! Pullot kolahtivat vastakkain.

Antti rapisteli folion auki. Pari makkaraa oli halki.

– No niin, olet koonnut tällaisen annoksen, hän aloitti terapeuttisella äänellä. – Miten itse arvioisit sen koostumusta? Ovatko määrät mielestäsi oikein?

Puustinen kohotti kulmakarvojaan ja mietti. -Jaa. Oluessahan on hiilihydraattia suurin piirtein samassa suhteessa kuin maidossa, eli noin kymmenen grammaa desissä. Tässä hinkissä on siis noin 50 grammaa hiilihydraattia. Vastaavan määrän saisi sadasta grammasta leipää, joka kylläkin nyt puuttuu annoksesta.

– Aivan.

– Mitä taas tulee näihin B-luokan makkaroihin, niin nehän ovat hieman vähemmän rasvaisia kuin A-luokan tavara. Toisaalta niissä on jauhoa, mikä vaikuttaa hiilihydraatin määrään. Kokonaisuutena sanoisin, että rasvaista ja hyvää. Kaloreita niin vitusti.

Antti nyökkäili. – Hyvä. Nythän on syytä miettiä myös alkoholin vaikutusta elimistössä. Sehän alentaa jonkin verran verensokeritasoa–

Puustinen rouhaisi makkaranpäätä. – Täytyy kyllä tunnustaa, että päivällisellä vohkin pari ylimääräistä nakkia sillä aikaa, kun ravintoihminen syynäsi sen heinäveteläisen tytön salaattiannosta.

Miehet vaikenivat syömään. Olut lorisi kurkkuun. Iho viileni.

– Mennäänpäs ottamaan välillä löylyt! Antti nousi ja lähti edeltä.

Ovi ei käynyt. Ovi oli lukossa.

– Mitenkäs se nyt noin. Ei sen pitänyt. Täytyy hiiparoida nurkan ympäri ja etuovesta. Ei kai tuolta mäeltä tänne kukaan vahtaa.

Miehet hiipparoivat. Etuovi ei käynyt. Etuovi oli lukossa.

– Ei helkkari. Puustinen sutaisi etuhiukset otsalta.

– Ollaan munasillamme ihmisten ilmoilla. Pelkkä käsirauta ranteessa saatana.

* * * *

Ovi pysyi kiinni ja syy siihen oli selvä. Ei lukko ilkeyttään pintaansa pitänyt, kunhan vain toteutti olemassaolonsa tarkoitusta.

– Äläpähän hermoile. Stressihormonit vaikuttavat verensokeriin. Antin silmät katsoivat otsakurttujen alta.

Ymmällä olemisen hetki. – Kierretään nyt edes takaisin järven puolelle.

– Et ole sattunut linnassa olemaan? Kilikalihommista?

Miehet palasivat takaisin kuistille. Olutta oli vielä. Istuttiin vaiti. - Toisaalta, Puustinen aloitti, nyt ei ole pakkasta. Mutta–

– Mutta, mutta.

– Jos täällä olisikin vain aikuisia ihmisiä, niin sen kun marssittaisiin jonossa kämpille. Mutta kun on tuota pikkuväkeä seassa.

Antti virnisti. – Haaveilet tietysti, että talon nurkalla tulisi se vapaa-ajanohjaaja vastaan ja riehaantuisi näkemästään. Vaikka onhan se niin siistin näköinen nainen, että—siis joo.

Puustinen otti. – Sinä tietysti vain ikään kuin estetiikkamielessä, kun olet kirkkovaltuustossa.

Mutta ajattelepa iltapäivälehden lööppiä: "Valtion virkamiehet nakuilivat kurssikeskuksessa". Riittäisi matkahuollon baarissa juttua.

Antin otsa oli rypistynyt mietteisiin. -Hei, siellä saunan päädyssä oli nurkan alla jotakin styroksia. Niistä voisi askarrella jonkin sorttiset viikunanlehdet!

Saunan alta tosiaan löytyi pari styroksinkappaletta. Kahdelle niistä juuri riitti, onneksi ei ollut koko yhdistys paikalla.

* * * *

Kalustovajan ovi oli onneksi kiinni vain haalla.

– Muistin oikein. Puustinen virnisti tyytyväisenä.

– Nämä eivät murenekaan niin helposti.

94

Mustia jätesäkkejä oli koko rullallinen.

Jalanreiät syntyivät helposti. – Kuules Puustinen. Siellä teillä päinhän on kohta ne kuvataideviikot. Jos mentäisiin näissä kamppeissa jonnekin puistoon vähän tanssahtamaan. Saattaisi kolahtaa pääpalkinto kohdalle.

– Niin. Raati toteaisi, että kahden taiteilijan performanssissa on loistavalla tavalla yhdistetty alastoman miesvartalon alkuvoimaa ja nykyaikaista muoviteknologiaa. Kevyt askellus ilmentää sitä vapauden unelmaa ja eksistentiaalista kaipuuta luonnonlapseuteen, jota nykyihminen elämää rajoittavien kuoriensa sisällä tuntee suhteessa omaan itseensä.

– Ja erityistä huomiota kiinnittää lihavamman taiteilijan kubistinen ote.

Puustinen hymähti. – Todennäköisemmin päästäisiin kansikuvapojiksi liiton lehden teemanumeroon "Diabetes ja mielenterveys".

Housut olivat valmiina.

* * * *

Käytävän varrella olevassa oleskelutilassa katsottiin televisiota. Manchester United himoitsi triplaa.

Sen rinnalla oli pikku juttu, että ohi käveli kaksi jätesäkkeihin pukeutunutta miestä.

– Aijai, kun oli lähellä! Oliko ylärimassa?

– Tuollaista ei näe ihan joka päivä!

– Olisiko kenelläkään lainata kolikkoja?

– Joskus se on pienestä kiinni. Vähän taisi ottaa molarin sormiin matkalla. Joo, kulma siitä tuli.

– Siellä on pientä keskustelua etutolpalla.

– Anteeksi, oletteko te päivystävä huoltomies?

– Ammu nyt jumalauta! Ei!!

– Kyllä, avainkortti jäi saunalle lukkojen taakse. Niin.

– Eikö anna korttia? Takaapäin veti kintuille!

– Huone 23, tässä uudella puolella. Kyllä.

– Ei muuta kuin uutta!

– Kiitos.

* * * *

Miehet nousivat rantasaunalta ylös pihaan.

96

– Lasketaankohan tämä liikunnaksi? Antti kysyi.

– Nippa nappa, Puustinen sanoi. – Huomenna ei parane mainostaa jalkaterapeutille, että hypittiin ilman kenkiä sepelillä.

Antti vilkaisi kelloa. – Pitäisiköhän poiketa vielä iltaleivällä?

– Ilman muuta. Mutta käydään ensin katsomassa koneesta, miten menee.

Ilta oli tyyntynyt. Järvi valmistautui yöhön. Sauna roikkui rannalla, puoliksi veden päällä.

Sellaisia ei saa enää rakentaa.

PIKKKUKAUPUNKI

Kirurgi sanoo itsensä irti,

hän vastustaa leikkauksia.

Enää täällä ei tulla elämään,

supistukset ovat ajaneet äidit ponnistaman pitkälle.

Sairaala suljetaan heinäkuuksi,

sillä kipu ja kuolema saadaan talosta.

Autot

on ehdottomasti pidettävä parkkipaikalla

muuten ne karkaavat huoltamolle

ttankkaavat kallista bensaa

ajelevat edestakaisin

tappavat naapurin kissan

murskaavat linnut ja sydämet

vievät lapsilta leikkipaikat

jäävät tyhjäkäynnillä heiluttelemaan

pikkukaupungin maalatulle kesälle.

Mutta

edes postitoimiston lakkauttaminen

ei estäisi minua kirjoittamasta sinulle

kirjettä jonka mukaan

nuolen vähän itseäni.

Syksy kasvattaa minut myrskyksi.

Silloin haaveilen

dialektisesta Tallinnasta.

Meren takana on maa

ja pahimmassa pimeydessä vain puoli vuotta kesään,

jolloin päivät kääntyvät lyhenemään.

Pian voin taas haaveilla

dialektisesta Tallinnasta.

TOTTA JA OIKEAA

"TAITAA OLLA TERVASROSOAKIN"

Lähes loputon ja lämmin kesäpäivä on rauhoittunut illaksi. Sauna on tuprutellut aikansa taivaalle läheisen sahan jätöksinä rannoilta keräiltyjä laudanpätkiä – ja pitänyt kylpijät hyvänään. Nyt kolme miestä höyryää kuistilla. Tai oikeastaan miehiä on kaksi, isäni ja **Kimmo**, neljästä sedästäni varttunein. Keskimmäisenä kuvassa olen minä, vasta ensimmäistä kymmentä kohti kurkottava auringon pikeämä nassikka. Paljon onnea on kasautunut 1970-luvun ensimmäisten vuosien pohjoishämäläiseen maaseutuun.

Setä on kaivanut hirteen lyödyssä katajankiemurassa roikkuvista housuistaan tupakan ja pannut palamaan. Metsäammattilaisen katse on päin mäntyä, joka majesteettina hallitsee järvelle antavaa maisemaa. Puu on kuin kansallisromanttisesta maisemasta, paahdetta ja tuiverrusta maistellut käppyräkoura. Sen alla lötköttää siirtolohkare, jolla Yrjö-vaari jonkin tarinan mukaan olisi pikkupoikana leikkinyt kavereittensa kanssa pappia ja lyönyt korttia.

"Kyllä tämä mäki kaipaisi vähän metsänhoidollisia toimia. Tuokin mänty. Taitaa olla tervasrosoakin..."

Sedän sanat särähtävät pikkupojan päässä, luiskahtavat korvasta kuin käärme paratiisiin. Niistä ei niukasti kymmenkesäinen saa oikein selvää, sillä ne ovat aikuisen puhetta. Tosissaanko se olisi hävittämässä meidän mäntyä? Vai onko tämä taas jotakin veljellistä vitsailua?

Isä hymähtää, tapojensa mukaan isoon ääneen puhumatta. Uskon, että isä ei kyllä anna mäntyä kaataa! Vilkaisen aikamiehiä silmäkulmastani, mutta en uskalla kysyä mitään. Pidän kyllä setää mukavana, onhan hän pari kesää aikaisemmin opettanut minut uimaankin mummolan rannassa. Mutta vaara hänessä nyt asuu.

Setä vetelee partneriaan paperi ritisten. Sitten he puhuvat isän kanssa siitä, kuinka sahan lajittelija vastarannalla kolisee nyt julmasti kolmessa vuorossa heidän lomatunnelmiinsa. Tulee kulumaan vuosia ennen kuin tuli tuhoaa kylän keskeisen elinkeinon ja tukkiralli siirtyy tästä näkymästä Vilppulan vaiheille.

Kesä vierii. Lapsenmuistiini jää käsitys, että männyn kohtaloa puntaroidaan jatkuvasti. Aina sillä kulmalla mökkitonttia käydessäni katselen puuta vakuuttuakseni sen elinvoimasta ja pysyvyydestä. Jonkinlainen uhka jää kuitenkin pilvenlongaksi taivaalle ja pelkään kaadon nousevan puheisiin. Todellisuudessa muistamani sanailu saunanjälkeishetkessä on luultavasti lajissaan ainoa.

Nyt vuosikymmeniä myöhemmin poika-aikojeni muistoisa mäki leviää vajaalle hehtaarilleen yhtä vähällä hoidolla olevana metsikkönä kuin ennenkin. Sedän rippeet lepäävät Helsingissä Maunulan uurnalehdossa, mutta mänty katselee edelleen kallion päältä vuodenaikojen vaihtelua järvellä.

ISOÄIDIN VIRSI

Virsikirjaan sitä yritettiin saada jo 1920-luvulla, 1986 se lopulta onnistui. Tämä kansansävelmä kuuluu vakaasti joulunviettoomme, vaikka alun perin kysymys ei ole joululaulusta ensinkään.

1979

Monesti on helpompi puhua sadoille tai tuhansille ventovieraille kuulijoille kuin esittää yksinkertainen laulu pienessä porukassa ja oman väen kuullen. Jouluaattona 1979 isoäitini **Aili Vilhelmina Paarlahti** (1904-1995) täytti vuosia. Juhlinta Ruoveden mummulassa oli pienimuotoista. Isäni **Jouni,** setäni **Markku** ja minä esitimme päivänsankarille tutun laulun *Maa on niin kaunis.* Jotenkin siitä selvisimme, mutta kävi niin, että kahden kokeneen laulajan äänet meinasivat mennä miten sattuu ja minä itse olin sotkea muutamalle tavalliselle soinnulle rakentuvan säestyksen kitaralla metsikköön. Mieleenpainuva hetki.

1983

Joulu 1983 on jäänyt erityisellä tavalla mieleeni siksi, että, vietin sen vanhempieni ja sisareni kanssa Ruoveden

Jäminkipohjassa. Sitä edeltävät lähes kaksikymmentä joulua olivat kuluneet kotosalla kaupungissa. Isoäitini oli tuolloin jo sillä tavalla vanhuuden vaivojen taakoittama, ettei olisi yksin joulua voinut kotona viettää. Mummun luona asunut hoitaja oli pyhät vapailla ja sovittiin, että joku pojista huolehtisi äidin olemisesta. Arpa lankesi isälleni ja niin ohjelmassa oli joulu Tampereen takana.

Aattona ajelimme Ruoveden kirkkoon vesperiin. Virsissä mummu ei oikein jaksanut enää laulaa mukana, mutta kirkkokuoron *esittämä* *Maa on niin kaunis* nosti laulun lahjan vielä esiin. Ja niin kuoro kajautti parvelta ja Aili-mummu lauloi sujuvasti mukana alhaalla penkissä. Ja kukapa sitä syntymäpäiväsankarilta olisi kieltänyt.

Kirkosta lähdimme mieli jouluun rauhoittuneena ajelemaan takaisin mummulaan.

Joulu 1991

Joulun 1991 muistikuvat ovat mielessäni riitasointuisina. Olimme muuttaneet marraskuun lopulla Maskusta Vilppulaan, jossa olin yrittänyt joulunaluskaaoksessa opetella uuden seurakuntani tavoille. Lahjahankinnat ja muut juhlavalmistelut jäivät tuona vuonna kalkkiviivoille ja koko joulu tuntui tulevan syliin ennen aikojaan.

Minulla ei ollut aattona työvuoroa, joten päätimme vaimoni kanssa lähteä Ruoveden kirkon palvelukseen. Samalla olisi luontevaa poiketa sukuhaudalla ja paluumatkalla katsomassa mummua vanhainkodilla Ruhalassa.

Vesper kirkossa meni miten kuten. Pastori muisteli työmatkaa ystäväseurakuntaan Viron Hallisteen. Alle kaksivuotias tyttäremme pyrki olemaan kulkevainen – ja me vanhemmat tunsimme pitkin tilaisuuden aikaa kylmän ringin allamme. Kirkonkomennon jälkeen suuntasimme kynttilän kanssa haudoille. Samaan aikaan sinne sattui kuitenkin myös sen verran ärhäkkä tuuli, että kaikenlaisista ponnisteluista huolimatta liekki jäi kynttilän sydämeen saamatta. Ei vain kerta kaikkiaan sytytänyt. Ajatus oli kuitenkin lämmin ja lohduttauduimme sillä.

Tässä jotenkin nihkeässä joulutunnelmassa jonotimme kylänraitille ja kohti Ruhalaa. Mummuni asui tuohon aikaan vanhainkodilla samaa huonetta isovanhempieni vuokralaisena olleen ja sittemmin yli sadan vuoden iän kurkottaneen **Annan** kanssa. Aili Vilhelminan kunto oli jo tuolloin huono jaoli vaikea tietää, minkä verran hänen ajatuksensa olivat tässä maailmassa ja paikalla olevissa ihmisissä. Niinpä päätimme vaimoni kanssa virittää tutun laulun *Maa on niin kaunis* mukana olleesta virsikirjasta.

Ja niin me lauloimme. En tiedä, minkä verran laulu mummua tavoitti, mutta viereisellä vuoteella loikoillut Anna-muori liittyi iän jo säröittämällä äänellään mukaan veisaamaan. Viittä vaille, ettei raavaan miehen pitänyt pyyhkäistä silmäkulmaansa.

Tuota laulua enempää ei sinä vuonna tarvittu kirkastamaan joulun sisintä. Se oli siinä.

Jouluna 1994 kävimme isäni ja tyttäreni kanssa samaisessa vanhainkodissa tervehtimässä mummua hänen 90-vuotispäivänään. Muistiini ei ole kirjautunut, lauloimmeko tuolla käynnillä, mutta virren sanat kiitäväisestä ajasta ja miespolvista olivat mukanamme. Hetkessä oli läsnä isänpuoleista sukuani neljässä polvessa. Seuraavana jouluna näin ei olisi enää voinut olla.

Pyhiinvaeltajien hymni

Maa on niin kauniista muodostui isoäitini virsi paitsi kaikinpuolisen mukavuutensa takia niin siksi, että mummuni sattui olemaan syntynyt jouluaattona. Ei meidän suvun piirissä muuten niin hanakasta ole tavattu laulaa toisillemme. Tämä virsi on yksi nykyisen virsikirjan suosituimpia, mutta sen tie kirkkokelpoisuuteen oli meillä kivinen.

Vuonna 1850 tanskalainen kirkkoherra **Ferdinand Fenger** havaitsi eräässä lähetyslehdessä saksalaisen laulun, jonka sävelmään hän mieltyi. Hän pyysi ystäväänsä **B.S. Ingemania** kirjoittamaan lauluun

106

tanskankieliset sanat. Ingemanin saaman tiedon mukaan kyseessä oli pyhiinvaeltahien hymni, jonka syntyvaiheet sijoittuivat 1200-luvulle. Tämä tieto antoi aihetta hänen tekemilleen sanoille. Niiden taustalla on myös tuohon aikaan meneillään ollut Tanskan ja Preussin välinen sota, eritoten heinäkuussa 1850 mitelty Istedin hurmeikas taistelu. Tästä juontuu laulussa esiintyvä rauhan ajatus: *"Fred over jorden!"* Ingemanin tiedoista poiketen nykyinen virsikirja mainitsee sävelmän olevan vuodelta 1842 ja Saksasta.

Tanskasta laulu lähti leviämään Norjaan ja sieltä Ruotsin kautta Suomeen. Meillä se ilmestyi **Hilja Haahdin** suomennoksena vuonna 1900 kokoelmassa *Hengellisiä lauluja ja virsiä.* Lauluun on olemassa myös **P.J. Hannikaisen** laatimat sanat, joilla laulu ilmestyi vuonna 1907 kokoelmassa *Sirkkunen.* "Vaihtoehtoiset" sanat on julkaistu **Reijo Pajamon** teoksessa Taas kaikki kauniit muistot vuonna 1982.

Tanskassa Maa on niin kaunis sisältyi jo vuoden 1897 virsikirjaan, ruotsalaiset kelpuuttivat sen oman virsikirjansa lisävihkoon kaksi vuosikymmentä myöhemmin. Myös Suomessa tämä alun perin nimellä *Toivioretkellä* (jolla n imellä itse muistan sen lapsuuden pianotuntiläksyistä) tunnettu laulu sisältyi vuoden 1923 lisävihkoehdotukseen, mutta kirkolliskokous hylkäsi tuolloin koko lisäyksen. Myöskään vuoden 1938 virsikirjaan laulua ei kelpuutettu, vaan se tuli vasta nykyiseen, vuonna 1986 hyväksyttyyn laitokseen. Yhtenä syynä viivästymiseen on pidetty sitä, että sanojen olisi katsottu olevan opillisesti jotenkin arveluttavat. Jotkut kirkonmiehet ovat ovat tämän tulkinnan mukaan pelänneet laulun markkinoivan jonkinlaista kaikki pääsevät taivaaseen –uskonnollisuutta, vaikka kyse on nimenomaan iäisyyttä kohti kulkevasta Herran seurakunnasta.

Maa on niin kaunis ei siis alun perin ole oikeastaan joululaulu, mutta sellaiseksi se on sittemmin vakiintunut. Kirkkovuoden kierrossa se kuuluu jouluaaton virsiin. Laulu on ollut myös kuorojen kestosuosikki. Nykyisin tätä virttä lauletaan melko paljon myös hautajaisissa ympäri vuoden.

Elokuu 1995

Sen suven suloisuutta. Elokuussa 1995 tummapukuinen joukko kokoontui Ruoveden hautausmaalle. Vähän matkaa siunauskappelilta eteenpäin, suuren koivun katveeseen. Oli tullut aika laskea Aili Vilhelmina maan syliin. Mielissä oli haikeutta, mutta myös kiitollisuutta siitä, että mummu sai vihdoin käydä levolle elämänkumppaninsa **Yrjön Kalervon** (1905-1976) viereen.

Arkku painui hautaan, miehet tarttuivat lapioihin. Terät rasahtelivat hiekkaan ja hauta alkoi täyttyä. Työn tultua valmiiksi asettelimme kukat kummulle ja aloitimme virren. Maa on niin kaunis soi kirkkomaalla pyhiinvaeltajien hymninä. Vuodet olivat vierineet, mutta Jumalan kunnia kaikui sielusta sieluun.

Lähde: Reijo Pajamo: Taas kaikki kauniit muistot. Joululaulujen taustat ja tarinat. 2.p. WSOY. Porvoo-Helsinki-Juva 1984.

ANNINPÄIVÄT

Joulukuun yhdeksäs, Annin päivä. Kilometripylväs siitä, kun kuolema ensimmäisen kerran astui lähipiiriini niin, että muistan jotakin. Vaarini menehtyi kotonaan Jäminkipohjassa 9.12.1976. Toisen puolen isoäitini oli kuollut jo alkuvuodesta 1967, mutta olin silloin niin pieni, että tunnelmat eivät ole palautettavissa pintaan pääni syvänteistä. Hautajaisissa kuulemma olin. Siunaaminen toimitettiin haudalla ja se kesti kovan pakkasen takia kahdeksan minuuttia. Näin minulle on myöhemmin kertonut äitini serkku, pohjalainen pappismies.

Joulukuussa 1976 vaari oli ollut mummun kassa serkkunsa luona nimipäiväkahvilla. Kotiin palattuaan hän ehti laittaa television päälle katsellakseen uutiset. Ne jäivät näkemättä. Näin kuolema tuli tupaan niin kuin se usein tulee: luonnollisena, mutta kuitenkin juuri siihen hetkeen odottamattomana.

Kaikenlaista pientä on jäänyt mieleeni. Kuten se, että tuona päivänä puhelimemme oli epäkunnossa. Sanan tapahtuneesta toi isotätini poikkeamalla talossa iltamyöhällä. Olin jo nukkumassa ja kuulin oven läpi eteisestä sanat *vaari on kuollut*. Isä lähti puhelinkopista soittamaan äidilleen. Muistan myös, että en aamulla oikein tiennyt, miten mennä aamiaispöytään.

Hautajaiset olivat vielä ennen joulua. Matkustin niihin sisareni kanssa Kovasen liikenteen bussilla, koska meidän autoon piti saada mahtumaan sukulaistätejä. Tuohon aikaan hautajaisiin kokoonnuttiin isolla porukalla. Isäni kaverit lauloivat mieskvartettina haudalla. Muistotilaisuus pidettiin Ruoveden nyt jo puretussa seurakuntatalossa. Illemmalla olimme lähisukulaisten kanssa mummulassa, jonne matkasin setäni Toyota Crownin jousilla. Saatoimme jäädä yöksikin, siitä en ole ihan varma. Ennen hautajaisia kummisetäni hukkasi autonsa avaimet. Serkkujen hautajaisvaatteet olivat lukon takana. Avaimia etsittiin pihalunta haravoimalla. Kai ne joskus löytyivät, mutta eivät ennen siunaustilaisuutta. En tiennyt, miten mennä aamiaiselle – enkä tiennyt paljon muutakaan. Jotenkin tajusin, että edes 13-vuotias ei välttämättä osaa kylmiltään surra. Ei *tiedä*, miten surraan. Isäni oli suomalainen mies, joten hänestä ei oikein saanut selvää. Toisenlainen kuin yleensä hän oli. Ymmärsin, että juuri nyt huonoja vitsejä ei kannattanut kertoa. Sain moitteita rokin huudattamisesta surutalossa. Kai se olikin sopimatonta. Jotakin aikuisten turvallisuutta olisin varmaankin kaivannut ympärilleni lisää. Olisinko sitten suostunut ottamaan sitä vastaan, on toinen juttu.

Oma keskenkasvuiskokemukseni palautui mieleeni, kun toinen isoisäni kuoli joulun 1999 alla. Ymmärsin, että meidän aikuisten pitää opettaa lapsille kaikenlaista. Myös suremista. Yritin tehdä tilaa sille, että lapsi saa surra sillä tavalla kuin hänen ikäisellään on värkeissä varaa. Tai olla surematta, kun ei oikein osaa. Mieleeni on jäänyt tuolloin kymmentä kolkutelleen esikoistyttäreni kysymys: *"Miksi sinä isä et itkenyt hautajaisissa, kun kaikki muut itkivät?"* Lapsi oli tehnyt terävän huomion. Hän myös tiesi, että olin ollut isoisäni kanssa läheinen. Vastasin, että itkin itkuni toisessa kohdassa – siunaustilaisuudessa minun tehtäväni oli hoitaa toimitus niin, että muilla oli turvallinen olo, ei itkeä. Siunasin siis toisen isoisäni hautaan niin kuin hän oli yli kymmenen vuotta aikaisemmin toivonut.

Kuolema on raskas asia. Joskus se on lohduton, eikä siihen silloin kannata edes yrittää keksiä lohtua. Jokaisen kohdalle se tulee jossakin muodossa. Se on myös ilmiö, jolla on monet kasvot. Opin tämän nuorena pappina, kun vanhainkodin asukas pohti, että koskahan hän pääsee pois. Kyseessä ei ollutkaan yksioikoisesti tuhovoima – elämästä voi saada myös ilman suurta tragiikkaa tarpeekseen. Töitteni luonteen takia olen joutunut katselemaan kuoleman kasvoja monesta eri näkökulmasta – toki vähän sivusta. Luonnollisen ja myös luonnottoman kuoleman. Tappajan sielunliikkeiden arvuuttelemista myöten. Kaikki se on jättänyt minuun jälkensä. Omaa kuolemaani olen lähestulkoon lakannut pelkäämästä. Tullessaan se ei ole enää minun ongelmani. Toki toivon, että siihen on vielä aikaa. Toivon, että lapseni ovat kerran haudallani jättämässä hyvästejä ja toteavat, että ei se ollut aina helppo, mutta aika jätkä kuitenkin. Jotakin tällaisia huomaan miettiväni aina joulukuun yhdeksäntenä.

Vuoden 1976 joulu oli isoäidilleni erilainen kuin mikään aikaisempi. Se oli surun joulu. Ajallaan sen kyyneleet pyyhittiin hänen silmistään. Niin Luojamme meitä armahtaa.

JOULUPUKKIHOMMIA JA MUITA MUISTOJA VIROSTA

Jostakin se alkoi

"...sotilasvallankaappausyritys Neuvostoliitossa näyttää epäonnistuneen..." Eletään elokuuta 1991. Käynnistän autoni marketin pihalla Tampereen Harjuntaustassa, radiossa on uutislähetys. Pateettisuuden puuskassani käännyn vieressäni istuvaan kumppaniini päin ja sanon: "Kuule, minä muuten hurraan kohta vapaalle Virolle." Vuodesta 1918 olemassa ollut Viron tasavalta antoi uuden itsenäistymisjulistuksen 20.8.1991. Ei siihen minun oraakkelimaisia sanojani tarvittu, yhden jättiläisvaltion hajoaminen ja jokunen muu historian pyörien ronksahdus riitti.

Vuonna 2010 julkaistussa teologimatrikkelissa ilmoitan harrastuksekseni muun muassa "Viron eri muodoissaan". Viimeiset parikymmentä vuotta olen yrittänyt oppia ymmärtämään etelänaapuriamme, joka vaikuttaa välillä samanoloiselta kuin Suomi ja on kuitenkin täysin eri maata. Menetelmänäni ovat olleet lähinnä lukeminen ja vanha kunnon ryynääminen: olen käynyt maata ristiin ja rastiin, pohjoisesta etelään ja koillisesta luoteeseen. Reissuja on koossa tätä kirjoittaessani yli kolmekymmentä, niillä otettujen kuvien luku on nelinumeroinen. Jostakin tämä romanssi alkoi. Loppukin sille on, mutta se ei ole näkyvissä.

Lapsuudessani ja nuoruudessani Viro oli verhon takana. Koulusta mieleeni ei ole jäänyt oikein mitään. Yliopistossakaan Viro ei juuri jättänyt jälkiä päähäni, vaikka poliittisen historian opinnoissani suuntauduin Venäjän ja itäisen Euroopan asioihin vaadittua enemmän. Yksi akateemisista opettajistani oli dosentti **Martti Turtola,** joka on myöhemmin kirjoittanut jonkinlaista kohuakin herättäneet elämäkerrat niin presidentti **Konstantin Pätsistä** kuin kenraali **Johan Laidonerista,** jotka olivat keskeisessä asemassa Viron kohtalonhetkissä 1930-luvun lopussa. 1980-luvulla Turtolan tutkimusaiheet olivat kuitenkin vielä muualla kuin Virossa. Mutta olen maantieteilijän poika ja siksi omistin jo pienenä karttoja. Niistä löysin Neuvostoliiton sisältä mielenkiintoisia ohuempia rajalinjoja, joista yksi rajasi alueen nimeltä "Viron SNT". Jostakin syystä erityisesti Saarenmaa ja Peipsi-järvi tuntuivat siellä kiinnostavilta. Molemmilla olen sittemmin vieraillut. 1980-luvulla löysin **Jaan Krossin** teokset, sittemmin paljon muutakin virolaista kirjallisuutta *Kalevipoegista* ja **A.H. Tammsaaresta Mari Saatiin** ja **Igor Kotjuhiin.**

Tässä ei ole tilaa käydä läpi Viron historiaa. Siitä kiinnostunut voi lukaista vaikka **Seppo Zetterbergin** 800-sivuisen *Viron historian* (Suomalaisen Kirjallisuuden Seura 2007). Myös neuvostomiehitystä Kanadaan paenneen **Arved Viirlaidin** (1922-2015) suomennetut, jatkosodassa Suomen armeijassa vapaaehtoisina palvelleiden virolaisten vaiheisiin liittyvät teokset *Pohjantähden pojat* (Ajatus Kirjat 2010) ja *Merkityt* (Lamplite Ltd 2010) ovat vastaanottavaiselle mielelle hyväksi. Ne muistuttavat siitä, että isojen maiden pelatessa pelejään pienille on tarjolla pallon osa, ja etteivät pienempienkään kansojen kädet jää puhtaiksi historian likasangoissa. Suomi ei tee tässä poikkeusta: Viirlaidin teksti on paikoin pudottavaa luettavaa.

En ole koskaan käynyt virolaisessa kylpylässä. Elitistiksi en silti tunnustaudu, sillä olen toki viettänyt paljon aikaa myös kansan suosimissa turistikohteissa. Ja vaikka en ole raahannut lahden yli laatikkoakaan Launeen kultaa, myös minulla on omat ostosintressini kulun päällä: apteekkituotteita, sinappia, tiettyjä harrastuksiini tarpeellisia tavaroita. Viimeksi ostin sukkiakin. Seuraavaan olen kuitenkin koonnut muutaman ehkä hieman erikoisemman muistikuvan etelänmatkoiltani.

Joulupukki matkaan käy

Olin syksyn 1993 virkavapaana Vilppulan seurakunnasta ja hoidin lapsia kotona. Kirkkoherra **Raimo Kemppainen** pyysi minua kuitenkin mukaan vierailulle Vilppulan ystäväseurakuntaan Hallisteen. Matkaan lähdettiin joulun alla ja mukana oli iso määrä avustustavaraa, joka oli sovittu jaettavaksi lapsiperheisiin. Seurueeseen kuului Raimon ja minun lisäksi seurakunnan talouspäällikkö **Leena Virkkala**, seurakunnan ja kunnan luottamushenkilö **Juhani Mäkelä**, kunnan sivistysjohtaja **Sirpa Timonen** ja pikkubussimme ratissa **Harri Manninen**.

Lähtöpäivä oli perjantai ja takaisin oli tultava sunnuntaina. Nimenomaan tultava, sillä vuonna 1993 Suomesta Viroon matkustava tarvitsi viisumin. Olimme sopineet, että tapaamme Tallinnassa Hallisten kirkkoherran **Kalev Raaven** (1926-2004), joka oli myös kansanedustaja. Hän oli lupautunut esittelemään meille Viron parlamenttitalon Toompealla ja tulisi sitten meidän kyydissämme kotipuoleen viikonlopuksi seurakuntaansa hoitamaan. Tapahtui siis, että vierailimme Toompealla. Ja kuinka ollakaan tulin kuvauttaneeksi itseni nojailemassa pääministeri **Mart Laarin** (pääministerinä 1992-1994 ja 1999-2002) virkahuoneen ovipieleen. Sen ajan suomalaiseen ukkopolitiikkaan tottuneena minusta tuntui merkilliseltä, että Virossa minua vain kolme vuotta vanhempi mies oli tasavallan johtopaikoilla.

Matkan yksi huipennus oli seuraavana päivänä, kun esiinnyimme Juhanin kanssa joulupukkeina eräällä kyläkoululla järjestetyssä juhlassa. Lahjat pantiin jakoon ja joulupukkien uskottavuus likoon. Jeesuksestakin puhuimme. Tunnelma nousi kattoon jo ennen tilaisuuden alkamista, kun meitä pukkeja pantiin opettajanhuoneessa

114

kuntoon. Enempää siihen ei tarvittu kuin että tuoli meni kesken kaiken Juhanin alta tuhannen päreiksi.

Seuraavana päivänä Raimo saarnasi Hallisten kirkossa selväksi viroksi. Ei tainnut mies itse kaikkea ymmärtää. Saarna oli toki suomeksi tehty ja Sirpa oli sen sitten kääntänyt kansankielelle. Minä toimitin Kalevin kanssa alttaripalveluksen ja koetin vähän viroa puhua sekaan minäkin.

Vuoden 1993 Viro oli vielä eksoottinen paikka. Mieleen on jäänyt tyhjältä tuntunut maaseutu. Kaupassa myytiinUral-pesukoneita, liikennevirrat teillä olivat kovasti lada- ja mossepitoisia ja muutenkin Neuvostoliiton aave vaelsi yhä maitten päällä. *Georg Otskin* oli vielä kulussa ja meno aluksella kuin Villissä idässä.

Luona lippujen

Vuoden 2000 maaliskuussa matkustin Tallinnaan tapaamaan suomalaista ystävääni, joka oli siellä töissä, joista ei julkisuuteen huudeltu. Menin yli illan viimeisellä lautalla ja jännitin, josko isännälleni onkin tullut este ja joudun suunnittelematta kaupungin öiseen syliin. Mutta tuttu hahmo oli vastassa ja autoilimme Mustamäelle, jossa ystävälläni oli kerrostalohuoneisto vuokralla.

Seuraava päivä oli talvisodan päättymisen 60-vuosipäivä. Kioskien ikkunoissa lööpit hehkuttivat suomalaismiesten toilailuista Tallinnan ilotaloissa. Illemmalla tutustuin minäkin yhteen virolaisiloon eli syntymäpäiväkestitykseen. Ystäväni tuskaili, että sikäläiset olivat hanakoita juhlistamaan vanhenemista, eikä tavasta laistamista katsottu hyvällä. Niinpä hänen piti nytkin järjestää useita tarjoiluja, vaikka vuosia täyttyi epäsymmetriset 42. Töissä täytyi olla kestitystä ja parikin seuruetta tulisi kotiin. Onneksi oltiin keskellä arkiviikkoa, mikä rajoittaisi pitojen pituutta. Kaakkupuoli hoitui onneksi marketista, missä aihepiiriin liittyvä valikoima oli runsas. Kaikki oli valmiina, kun sen päivän vierasporukka saapui.

Sitsit sujuivat leppoisasti ja juttu luisti. Vieraat lähtivät ajallaan ja ilmeisen tyytyväisinä. Tässä kohdin pääsimme päivänsankarin kanssa osallistuviksi havainnoitsijoiksi vallitsevaan tosiseikkaan: asunnon varustukseen ei kuulunut astianpesukonetta. Ja uusi jengi oli tulossa seuraavana päivänä heti virkatöiden päälle. Minä olisin onneksi silloin jo kutakuinkin Suomessa...Ei siis muuta kuin hihat rullalle ja paljun ääreen. Tiskaustöitäkin on siis Tallinnassa tullut tehtyä.

Seuraava päivä oli juhlallinen. Olin lähdössä iltapäivän Fantaasialla kotiin ja ystäväni järjesti työnsä niin, että pääsi hyvissä ajoin hakemaan minut kotoaan. Meille jäi mukava tovi ajella ympäri kaupunkia. Ystäväni oli muodollisesti Suomen suurlähetystön rullissa ja sitä perua hänellä oli käytössään CD-kilvin varustettu auto. Niinpä ajelustamme kehkeytyi omanlaisensa: porhalsimme diplomaattivaunulla katuja, joiden reunustat olivat täynnänsä Viron trikoloreja. Palmunlehviä ei sentään kukaan sirotellut reitillemme. Olo oli kuin ruhtinaalla - liputuksella ei tietenkään ollut meidän kanssamme mitään tekemistä. 14.3. on Virossa omistettu äidinkielelle, ja siksi liputuspäivä.

Tuohon aikaan alkoholijuomia ei saanut tuoda rajan yli hengenvaarallisia määriä. Laivassa eräs nainen rupesi kyselemään, paljonko mahtaa saada, jos narahtaa tullille ylimääräisestä viinasta. Sanoin olevani huonosti perillä siitä puolesta ja muutenkin väärä henkilö asian tiedustelemiseksi.

Tarton kevät

Vuoden 2008 syksyllä satuin Helsingissä samaan illallispöytään Pohjanmaalla pappina olevan ystäväni **Jukka Tuppuraisen** kanssa.

116

Vähän ennen jälkiruokaa päissämme virisi ajatus lähteä Tarttoon tervehtimään **Heino Nurkia**, johon olin tutustunut 1990-luvun alussa Kirkon koulutuskeskuksen kursseilla, ja jonka Jukka tunsi jo varhaisemmalta ajalta. Matkaan lähdettiinkin seuraavassa huhtikuussa.

Perille päästyämme majoituimme hotelli Tartuun ja menimme tapaamaan Heinoa läheiseen ruokapaikkaan. Tämä ehdotti kohta, että lähtisimme syönnin päälle nauttimaan oluet Eesti Üliõpilaste Seltsin (EÜS) eli Viron Ylioppilasseuran taloon Tõnissoni-kadulle. Tartuimme ehdotukseen. Rakennus on sama, jossa solmittiin Suomen ja Venäjän välinen rauha 14.10.1920. Yhdysvalloissakin opiskellut Heino oli 1970-luvulla lukenut maantiedettä Tartossa ja oli sen perusteella Seltsin jäsen, jolla oli oikeus viedä taloon vieraitaan. Istuskelimmekin siellä hyvän tovin. Heino kertoi EÜS:stä ja sen historiasta. Seura perustettiin alun perin vuonna 1870. Miehitysajan se toimi maanpakolaisten parissa eri kolkilla maailmaa ja jälleen vuodesta 1988 kotimaassa. EÜS on merkittävä sikälikin, että Viron valtiollisen lipun historia juontuu sen piiriin. Välillä Heino muisteli, miten oli saanut tiedon Tsernobylin ydinvoimalaonnettomuudesta keväällä 1986 kuunneltuaan salaa BBC:n radiolähetystä.

Käväisimme talon alakerrassa, Manalassa, johon paikalla olleen opiskelijan mukaan naisilla ei ole asiaa. Mutta ennen kaikkea meille tarjoutui tilaisuus vierailla "kaikkein pyhimmässä" eli Seltsin lippuhuoneessa. Tartuimme hetkeen, niin kuin sen seinällä oleva latinankielinen lause kehottaa. Seltsin talosta lähdettyämme ilta jatkui vielä Heinon äidin kodin runsaassa vieraanvaraisuudessa.

Heino Nurk sai Suomessakin julkisuutta vuonna 2010, kun Viron meikäläistä sisartaan huomattavasti vanhoillisempi luterilainen kirkko erotti hänet pappisvirasta. Perusteeksi sanottiin, että hän oli pappina syyllistynyt "epämoraalisen käyttäytymiseen ja harhaoppien levittämiseen". Kysymys oli nähdäkseni siitä, että hän oli toiminut avoimesti homoseksuaalien aseman parantamiseksi omassa kirkossaan. Sanoista saattoi kuulla ironiaa hänen todetessaan, että KGB syytti aikanaan kirkkoa kristillisen propagandan levittämisestä ja nyt kirkko syytti häntä homopropagandan levittämisestä... Vapaus on kaikissa yhteisöissä ja järjestelmissä kiinnostava ilmiö, jonka sisältöä ja mittakaavaa on hyödyllistä pohtia. Neuvostoaika Virossa oli monella tapaa epävapaa jakso. Vuoden 1983 syksyn rauhanmarssilla Helsingissä puolestaan joku onnistui kiikuttamaan tuomiokirkon kulmalle kyltin, jossa luki "Viro vapaaksi". Kyltti poistettiin nopeasti. Kiinnostavaa on myös kysyä vaikkapa sitä, synnyttääkö markkinatalous vapautta ja kenelle. Tai onko vapaus sitä, että saa tehdä mitä huvittaa?

Haapsalun sade

Bussi on tuonut meidät Haapsaluun. On marraskuu eikä tietoakaan turistisesongista. Linjurissa on matkannut vain muutama ihminen, mikä on Virossa harvinaista. Olemme kumppanin kanssa reissanneet kohtuullisen määrän virolaisilla busseilla: kokeneet kesän 2010 kuumimman helteen Narvan autossa, jonka ilmastointilaite oli rikki, matkustaneet nuorisoleirin kanssa laulun raikuessa Saarenmaalle ja pysähtyneet metsätaipaleelle helpotustauolle. Pikkutyttö on antanut ylen kumppanin kenkään umpitäyden paikallisvuoron seisomapaikalla. Linja-autoissa on tunnelmaa ja niissä saa toisen katsomiskulman Viroon kuin matkatoimistojen kyydityksissä kulkiessaan. Tarvitsee vain hypätä Tallinnan satamassa bussiin ja ajaa pari pysäkinväliä linja-autoasemalle, ja koko maa on avoinna. Joka paikkaan on kohtuullinen matka, yhteyksiä paljon ja matkanteko suomalaiselle halpaa. Aikataulut on helppo selvittää etukäteen netistä (www.bussireisid.ee).

118

Haapsalu on sympaattinen kylä, muun muassa **Astrid Lindgrenin** (1907-2002) kirjojen kuvittajana tunnetun, vuonna 1944 Ruotsiin hakeutuneen taiteilija **Ilon Wiklandin** (s. 1930) kasvinkaupunki. Aikamme on kulunut täällä torstaista. Olemme kävelleet ja katselleet, välillä olen lukenut **Aino Kallaksen** vuonna 1921 ilmestynyttä novellikokoelmaa *Vieras veri,* jota kirjailija kirjoitti juuri Haapsalussa. Sää on ollut siedettävä, mutta lauantaina tulee kesken lenkin sade. Siltä on hakeuduttava suojaan merenrannan torniin.

Tornissa olemme häiriöksi. Siellä on jo lukioikäinen pari. Ajattelen heidän lähteneen pikkukaupungin uneliaaseen lauantaihin niin kuin heidän iässään lähdetään, voidakseen vähän pussailla ja pitää toisiaan kädestä. Sen uskalletumpi meno tornissa ei ole meneillään. Ja sitten kaksi halvatun kulkuria änkeytyy samaan sateensuojaan. Eivät nuoret ilkeä heti häipyä, odottelevat kohtuisan tovin vedentulon harvenemista. Poistuvat sitten kaupungin syrjää.

Katsellessani nuorten loittonemista mieleeni nousevat Arved Viirlaidin sanat omasta "kadotetusta sukupolvestaan", joka oli syntynyt itsenäiseen Viroon, ja joka ei nähnyt mahdolliseksi muuta tavoitetta kuin itsenäisen valtion. Samaan sukupolveen kuului historiallisen romaanin mestari ja tunnetusti Viirlaidin kanssa känäväleissä ollut **Jaan Kross** (1920-2007). Nämä Haapsalun sydänkävyt ovat jälleen polvea, joka on syntynyt Viron tasavallassa. Heidän on kaikilta osin varmasti mahdotonta ymmärtää vanhempiensa ja edeltävien ikäpolvien kokemuksia. Hahmottelen heistä pari säettä kaikella sateen keskellä löytämälläni lämmöllä, talletan sanat päähäni ja siirrän ne myöhemmin hotellihuoneessa ruutulehtiööni. Jos rivit joskus julkaistaan, tyttö ja poika arkistoituvat naapurimaan lakisääteiseen kansalliskirjaston kokoelmaan. Itse he eivät sitä tiedä, mutta ei kaikkea tarvitse tietääkään.

Matkamme on päättymässä. Sunnuntaina bussi vie meidät takaisin Tallinnaan. Kuljettajan antaman kuitin mukaan ratissa on **Saarna**.

PUUN LUMO, VEDEN LUMO

Pyöräilen yhdeksän kilometriä Vilppulan kirkolle

Minun talollani on ikää. Se nousi hirrestä kohta sodan jälkeen. 1950-luvun alussa pintaan lyötiin ponttilauta. Ulospäin rakennus on pysynyt vuosien halki aika samanlaisena. Katto toki on uusittu ja talo maalattu muutamaan kertaan. Toinen piippukin on tarpeettomuuttaan pudonnut.

Sisällä muutokset ovat näkyvämpiä. Tapetit ja seinien maalipinnat on uusittu, olohuoneen kyljessä sijainnut makuuhuone on muuttunut ruokailutilaksi. Keittiöllä on uusi ilme. Vanhoilla puuhellan sijoilla seisoo vuolukiviuuni.

Mänttäläinen työmies rakensi talon perheensä kodiksi. Nyt hän on jo pitkään ollut tummilla tuvilla. Talo jäi aikoinaan perheen jäljiltä tyhjilleen ja sitten siitä tuli minun kotini. Olen perheineni asunut huoneita, joiden seinät osaisivat kertoa myös alkuperäisten asukkaittensa tarinaa. Onneksi ne eivät paljasta kaikkea: jokaisessa elämässä on paljon sellaista, joka ei kuulu syrjäisille. Sen verran tiedän, että suurta iloa ja suurta surua taloon on mahtunut.

Minun taloni on hyvä talo. Sen tekijä on ollut viisas mies, joka on rakentanut hyvälle perustukselle. Siinä kelpaa elää.

Jostakin on lähdettävä, tähänkin juttuun. Koti tuntuu siihen sopivalta paikalta.

* * * *

Pyöräilen yhdeksän kilometriä Vilppulan kirkolle. Se on entinen kotikirkkoni, komea puinen herranhuone vesireitin varrella. Olen vieraillut elämäni aikana kymmenissä ja taas kymmenissä kirkoissa sekä Suomessa että ulkomailla. Vilppulan kirkko kuuluu niiden joukossa lemmikkeihini. Rakennusmateriaali ei aina ole mieltymyksissäni ratkaiseva – muun muassa Tainionkosken kirkko Imatralla on listani kärkisijoilla yksistään **Kristiina Uusitalon** upean alttaritaulun *"Nyt katselemme kuin kuvastimesta, kuin arvoitusta, mutta silloin näemme kasvoista kasvoihin"* takia – mutta paljon se painaa. Pidän puusta: olen asunut suuren osan elämästäni puutalossa, kesinyt puisessa mökissä ja päässyt ripillekin puukirkossa Tampereen Keskustorin laidassa. Puussa on lumo.

Vilppulan kirkko on oikeaoppisesti itä-länsi-suunnassa, asemoituna jo näin viestimään isäntänsä asioita. Kun narautan oven auki, voin kävellä synteineni pitkin käytävää itään, juoka jo Vanhassa testamentissa on Jumalan ilmansuunta. Sieltä katsovat Vapahtajan kasvot. *"Niin kaukana kuin itä on lännestä, niin kauas hän siirtää meidän syntimme."* Psalmin 103 sanat saavat näkyvän hahmon kävellessäni kohti **Pekka Halosen** maalausta *"Kristus vuoritiellä"*.

Kirkko on seissyt vartioimassa Vilppureittiä yli sata vuotta. Rakentajat ovat jo ajat sitten päättäneet elämänsä. Kaikenlaista remontoimista se on tietysti käynyt läpi. Väri on vaihtunut, samoin saarnatuolin paikka. Monia ilon ja surun tarinoita voisivat nämäkin seinät kertoa, osan uudemmista tunnen. Kaikkea nämäkään seinät eivät kerro.

Näen nuoren isän kävelemässä kirkon käytävää pieni arkku sylissään, kantamassa kuollutta poikaansa siunattavaksi. Palautan mieleeni kesäisiä lauantai-iltoja jolloin hyvin pukeutuneet miehet ja prinsessat ovat naineet toisensa. Jonakin pyhäaamuna elämänsä konkurssiin ajanut mies on polvistunut alttarille huulillaan pyyntö: Herra, armahda. Jaksamatta laittaa edes huutomerkkiä sanojensa perään. Kuulen paikkakunnan monitoimisen musiikkimiehen **Jukka Rantasen** availevan trumpettiaan, kun olimme kerran kirkossa keskellä yötä... Muistan, kuinka oma poikani sai tässä kirkossa kasteen marraskuussa 1992 – ja kesäisten konfirmaatiojuhlien valkeat parvet kirkkopihassa.

Tämä on hyvä pyhäkkö. Ja aarre on myös seurakunta, Kristuksen kirkko. En tiedä, onko Vilppulan kirkko kirjaimellisesti kallion päällä – epäilen, että ei. Mutta sen edustama Kristuksen kirkko on. Se lepää Jumalassa ja helluntain ihmeessä. Kirkon alttariseinällä olevat kreikkalaiset kirjaimet alfa ja oomega eli a ja ö muistuttavat tästä. Jeesus katsoo alttaritaulusta ja sanoo: "Älä pelkää. Minä olen ensimmäinen ja viimeinen, iäti elävä. Minä olin kuollut, mutta nyt minä elän, elän aina ja ikuisesti." (Ilm. 1,18).

* * * * *

Ikkunan takana Vilppureitin vesi on vihertävää ja tyyntä. Se virtaa pikkuhiljaa, kuin aika. Syntyy veden lumo.

Vilppulan kirkko ei olisi laisensa ilman vettä. Ennen vanhaan sitä pitkin kuljettiin kirkkoon. Itsekin muistan jonkin juhannuspäivän, kun saattelimme vuolteen rannassa koivujärveläisten kirkkoveneen matkaan messun jälkeen. Vesistö muodosti myös luonnollisen rintamalinjan, joka keväällä 1918 löi traagisen varjonsa Vilppulan ja sen kirkon historiaan.

Minua kuuluisampi Vilppulassa pyöräilijä **Olavi Paavolainen** (1904–1963) lumoutui pitäjän maisemissa kesällä 1941. Kuvauksen kokemastaan hän kirjasi kiistellyn sotapäiväkirjansa Synkkä yksinpuhelu (1946) alkulehdille. Kirjailija, joka haltioitui modernista tekniikasta ja Kolmannen valtakunnan puoluekokousspektaakkeleista, vaikuttui myös hämäläisestä kesäaamusta. Paavolaisen teokseen perustuvan televisiosarjan myötä Vilppulan kirkko päätyi kansakunnan olohuoneisiin heinäkuussa 2005.

Vilppulan vuosinani soutelin kesäisin aina jaksaessani Vilppureitillä. Mieleeni on jäänyt mm. muuan lauantai-ilta, kun kiskoin kotia kohti veneeni perätuhdolla kököttävää pastori **Ismo Kunnasta** (Vuoden pappi 2014, myöhempi huomautus), joka vaikutti Vilppulassa kesästä 1993 seuraavaan kevääseen hoitovapaani aikaisena sijaisena. Kunnas oli Paavolaisen tavoin lumoutunut Vilppulasta ja loihennut lausumaan, että *"mä oon sitten aina haaveillut kesästä maalla".* Matkamme lopulla kello oli jo hyvästi illassa, vesi lepäili mustana ja tyynenä – tuntui kuin olisimme lipuneet rasvassa. Kirkko salmen pohjoisrannalla odotti pyhäaamua. Kunnaksella oli kotona työpöydällään odottamassa keskeneräinen saarna, minulla edessä monta kuukautta virkavapaata...Jotakin tämä muistikuva kertoo ihmismielestä. Vai?

* * * * *

Palaan vielä kirkolle. Nykyisin käyn siellä turhan harvoin. Käynneilläni piipahdan kirkkoherra **Raimo Kemppaisen** (1953–2010) haudalla ja huomaan pääni vaeltavan yhteisiin työvuosiimme 1990-luvun alkupuolella. Ne eivät olleet huonoja aikoja. Mietin sitä, että asun talossa, jonka minua ennen elänyt polvi on rakentanut hyvin. Kuulun kirkkoon, jonka sukupolvien ketju tulee paljon ennen omaa aikaani olleesta. Ja kuin kuulisin Kristuksen sanat Vilppulan kirkon alttaritaulusta: *"Jokainen, joka kuulee nämä sanani ja tekee niiden mukaan, on kuin järkevä mies, joka rakensi talonsa kalliolle. Alkoi sataa, tulvavesi virtasi ja myrskytuuli pieksi taloa, mutta se ei sortunut, sillä se oli rakennettu kallioperustalle."* (Matt. 7, 24–25).

Pyöräilen yhdeksän kilometriä Vilppulan kirkolta mänttäläisen työmiehen rakentamalle talolle. Johonkin on palattava, tästäkin jutusta. Koti tuntuu siihen sopivalta paikalta.

KAIKKI TIET VIEVÄT

Kuolema tulee koputtamatta,

kiertelee kuulemma osastoilla

niin kuin sairaalapastori iltapäivällä

muina viikatemiehinä

katselemassa onko täällä vanhoja

tai uusia tuttuja.

Tuttuja on.

"MITÄ SINÄ OLET TEHNYT JOULUN ETEEN?"

Saarna Pitkäniemen sairaalan joulukirkossa 24.12.2006

Tapasin joulunaluspäivinä tuttavani kaupungilla. Puhe kääntyi - kuinka ollakaan - jouluun ja siihen, missä mitassa sen valmistelut itse kullakin olivat.

Tuttavani sanoi, että *"vaimo kysyi eilen illalla, että mitä sinä olet tehnyt joulun eteen?"* Rehellinen aviomies oli joutunut myöntämään, että ei hän ole tehnyt oikeastaan mitään.

Juhla vaatii valmistelunsa. Sen me tiedämme. Se näkyy ympärillämme. Mutta tänään ei ole puhe piparkakuista, laatikoista tai lähettämättä jääneistä joulukorteista. Mennään vähän tai oikeastaan paljon syvemmälle. Nyt Betlehemiin! Ja tällä matkalla on hyvä kysyä: Mitä **minä** olen tehnyt joulun eteen?

Luukkaan evankeliumin henkilögalleria on värikäs. Ensimmäisenä esiin astuu **Augustus,** keisari, joka keksi verottaa. Sitten tulivat toimeliaat virkamiehet, jotka panivat keisarin käskyn toimeksi. Ja katso, kaikki menivät omaan kaupunkiinsa antamaan nimensä luetteloihin. Kaikkien joukossa olivat myös Joosef ja Maria, kolmantena vielä kohdussa polskiva Jeesus.

Sitten tulevat paimenet, yövuorolaiset. Ja Herran enkeli, kohta seuranaan "taivaallinen sotajoukko" − nimitys, jonka juuret ovat

Vanhassa testamentissa käytettävässä Jumalan arvonimessä Herra Sebaot, sotajoukkojen Jumala. Siinä he kaikki ovat, evankeliumin henkilöt.

Mihin hahmoon voisin sijoittaa itseni, kehen samaistuisin? Jeesukseksi en ryhdy, enkä Mariaksi. Moni mies on historian saatossa kokenut olevansa sukulainen Joosefille, joka jää joulun kertomuksessa sivuraiteelle. Mutta en ole hänkään. Enkeli ei tule kysymykseen, ei myöskään keisari Augustus. Käteen jää lopulta paimenen rooli.

Mitä paimenet olivat tehneet joulun eteen?

Mitä minä olen tehnyt joulun eteen?

Paimenet olivat omassa työssään. Ja yhtäkkiä joulu tapahtui heidän ympärillään. Joulu tapahtui heille. "Tänään on teille Daavidin kaupungissa syntynyt Vapahtaja. Hän on Kristus, Herra." Enkelin ilmoitus paimenille on selvää puhetta. Samaan aikaan, kun te olette olleet täällä niityllä, on tapahtunut sellainen ihan pikku juttu, että Kristus on syntynyt. Samaan aikaan, kun te olette laskeneet lampaita, Jumala on antanut Poikansa teidän Veljeksenne ja Pelastajaksenne.

Toivon kynttilät palavat.

Mitä paimenet olivat tehneet joulun eteen? Eivät yhtään mitään.

Mitä minä olen tehnyt joulun eteen? En yhtään mitään. Eikä kukaan muukaan meistä.

Me valmistamme juhlaa itsellemme ja toisillemme sillä tavalla kuin meille on mahdollista. Ja oikein teemme. Mutta kun puhutaan siitä, mitä juhlitaan vastaus on tämä: sen eteen me emme tee yhtään mitään. Jumala tekee, Jumala syntyy. Jumala antaa elämän ja sytyttää toivon.

Mutta jouluevankeliumi nilkuttaisi ilman paimenia. Paimenet tarvitaan jouluun. Jumalan isolla jiillä kirjoittava tamperelainen runoilija **Panu Tuomi** – jonka isä muuten oli takavuosina lääkärinä Pitkäniemessä – pohdiskelee kirjoittajan ja lukijan suhdetta hiljattain ilmestyneessä esseekokoelmassaan *Poeettinen korrektius.* Tuomi kirjoittaa mm. näin: *"Runoa ei ole olemassa, ellei joku sitä lue; se ei ole torni, jossa yksinäisyys juhlii itseään, vaan silta, jota pitkin merkitykset risteilevät edestakaisin loputtomassa liikkeessä."*

Runo on runo ja Jumalan Sana on Jumalan Sana. Mutta myös jälkimmäinen tarvitsee lukijansa ja kuulijansa täyttääkseen sen tarkoituksen, jonka Sanan lausuja eli Jumala on sille tarkoittanut.

Siinä on jotakin samaa kuin ajatuksessa, että ilman teitä, joille nyt itse puhun, tämä saarna jäisi aika lailla merkityksettömäksi.

Uskon, että Jumala ei halua jouluna juhlia itseään, vaan yhdessä meidän kanssamme. Tarvitaan paimenet, jotka lähtevät katsomaan, näkemään ja riemastumaan.

Jumala kaipaa meitä kaikkia.

Joulunalusajan askareiden, kiireiden ja epämiellyttävien sääennusteiden jälkeen me tarvitsemme paimenten määrätietoisuuden. "Nyt Betlehemiin!"

Omien taakkojemme, tautiemme ja mitenkuten jakselemisemme puristukseen me tarvitsemme rohkaisun: "Nyt Betlehemiin!"

Mennään, let´s go, - ihan millä kielellä vaan, mutta nyt Betlehemiin! Annetaan itsemme tulla joulun katsojiksi, näkijöiksi ja riemastujiksi.

Annetaan joulun tapahtua, tullaan lahjan saajaksi jokainen.

Meille on syntynyt Vapahtaja.

Sairaalassa tapahtuu

vaikka mitä.

Eilen tuli vastaan Kanada-malja,

tänään jotakin muuten vain vaikeaa.

Pukkia epäillään

hiippailemisesta kulmilla.

Kahvihuoneessa hoitaja nousee ja napauttaa

kahvinkeittimen päältä,

sanoo lähtevänsä

purkamaan lähetepotilaita.

Kellot käyvät hitaasti päin seiniä

ja hämärä näykkii maisemaa.

Ensi viikolla, kun se kerran tulee.

SANO ÄIDILLE TERVEISIÄ!

– Jaha. Taidettiin juuttua.

Keskussairaalan hissi killui kolmannen ja neljännen kerroksen välillä.

– Mitä nyt tehdään, Jenna kysyi - ja muisti samassa olevansa hississä yksin.

Äiti oli ollut sairaalassa nyt viikon. Jenna oli käynyt katsomassa häntä joka päivä. Alkuun se oli ollut vaikeaa, kun hän ei ymmärtänyt, miksi äitiä itketti. Eikö äidistä ollut mukavaa, kun he isän kanssa tulivat?

– Jenna, ei minua se itketä, äiti oli sanonut. – On vaan niin herkkä olo ja kaikki vähän sekaisin vielä.

Isä oli kertonut Jennalle äidin sairastumisesta aika paljon. Jenna oli kysynyt, kuoleeko äiti.

Isä oli sanonut, ettei sellaista asiaa kukaan voinut toisen kohdalla luvata. Mutta lääkärin mukaan vakavin oli nyt voitettu.

– Uskotko sinä Jumalaan? Jenna oli kysynyt.

Isä oli ollut vaivautunut ja mutissut jotakin sellaista, että se oli hänen yksityinen asiansa. Tai että hän ei oikein tiennyt. Se oli tuntunut Jennasta oudolta. – Mutta enkelit hoitavat varmasti äitiä, isä oli jatkanut kohta.

Tähän asti Jenna ja isä olivat ajaneet hissillä yhdessä. Isänkin mielestä puhuva hissi oli hauska. Se ilmoitti aina kerroksen, mihin pysähdyttiin. – Miksiköhän meidän talon hissi ei puhu? Jenna oli pohtinut.

134

Tänään autolle ei ollut meinannut löytyä parkkipaikkaa, isä oli ähissyt jotakin ainaisesta rakennustyömaasta. Jenna oli kärttänyt luvan mennä edellä. Kyllä hän osaisi, kun oli jo niin monta kertaa käyty äidin luona. Mutta nyt hissi oli jumissa! Olisi pitänyt malttaa ja tulla isän kanssa!

– Näin käy tosi harvoin, Jenna kuuli äänen sanovan.

Jenna pyörähti varmuuden vuoksi ympäri, mutta ei nähnyt hississä ketään toista.

– Älä pelkää. Minä se olen, ääni puhui taas.

– Kuka sinä sitten olet? Jenna sai kysyttyä.

– No hissi tietysti! Etkö sinä muista olevasi puhuvassa hississä? ääni vastasi. Ja ikään kuin se olisi naurahtanut. – Sinähän olet se tyttö, joka matkustaa minulla melkein joka päivä viiksekkään miehen kanssa?

Ei se voi olla kukaan muu kuin hissi, Jenna päätteli. Äiti oli opettanut, että aikuisille pitää vastata. Ja kai hissi oli aikuinen, ei se muuten saisi tehdä vastuullista työtä. Niinpä Jenna nyökkäsi ja rohkeutta kerättyään kertoi, että äiti oli kuudennessa kerroksessa jo aika monetta päivää ja toivottavasti pääsisi joskus pois, ja että isän mukaan enkelit hoitivat äitiä, vaikka isä ei tiennyt, onko Jumala olemassa.

Hissi hyrisi ymmärtäväisesti. – Niin, kuudenteen kerrokseenhan te aina menette. Se muuten pikkaisen kutittaa, kun ihmiset painelevat niitä nappeja!

– Uskotko sinä Jumalaan, Jenna kysyi nyt hissiltä.

135

Hissi hyrisi taas. – Tyttö, kyselet vaikeita. Tai ei tuo kysymys ole vaikea hissille. Meitä ei ole rakennettu pohtimaan sellaisia. Siksi voin sanoa, että minä en tiedä. Minut on tehty vain kuljettamaan ihmisiä ylös ja alas. Niin ja puhumaan vähäsen.

Hetkeksi tuli hiljaista, sitten hissi jatkoi. – Mutta enkeleitä täällä kyllä liikuskelee.

Jenna mietti, että jollakin tavalla tämä hissi muistutti isää. Jumalasta se ei tiennyt, mutta enkeleihin uskoi.

– Kai niillä on siivet? Jenna kysyi vähän vekkulisti.

–Ei, hissi sanoi vakavana. – Mutta aika monella on valkoiset vaatteet, joillakin siniset.

– Siis samantapaiset kuin hoitajilla tai lääkäreillä?

– Niinpä…

Jenna tuhahti. – Sinä olet kyllä nähnyt ihan tavallisia ihmisiä!

Hissi hyrisi taas aikansa. Ehkä se kokoili ajatuksiaan. – Kuulehan, se aloitti. – Minä en tiedä teidän ihmisten jumalista, kone kun olen. Mutta se, mitä olen puheista tässäkin hississä ymmärtänyt, sinun tarkoittamasi Jumala on hyvä. Silloin ajattelen, että myös hänen enkelinsä tekevät hyvää. Ja ihmiset, jotka hoitavat toisia ihmisiä täällä sairaalassa, tekevät hyvää. Eikö silloin voi ajatella, että enkelit ovat juuri heitä?

Hissi tuntui vetävän henkeä ja jatkoi: – Tämä talo on täynnä sairauksia, mutta tämä on myös täynnä hyvän tekemistä.

Jenna mietti. Hissin puheessa oli järkeä.

Kuului kolinaa ja klonksahtelua.

– Ylhäällä on jotakin tekeillä, hissi virkahti. Samassa se nytkähti liikkeelle. Vain hujaus ja se ilmoitti:

– Kuudes kerros!

Ovi aukesi. Juuri kun Jenna oli aikeissa astua ulos, hissi puhui vielä kerran.

– Tyttö, sano äidille terveisiä!

– Varmasti! Jenna lupasi. Tuntui hassulta heiluttaa hissille, mutta niin hän kuitenkin teki.

Jenna käveli reippaasti osaston käytävää. Äidin huone oli toiseksi viimeinen. Olo tuntui kevyeltä. Hän ei oikein tiennyt, miten kertoisi äidille terveisiä *hissiltä*. Mutta ainakin hän oli nyt varma, että enkelit pitäisivät äidistä huolta. Jenna tiesi, että elämässä tapahtui myös hyviä asioita.

JUMALA EI OLE KAUKANA

Kello raksahtelee seinällä. Askelet käytävällä menevät ohi. Hiljainen huone, sairaus ja nainen. Päivä kurkistaa jo hämärtyvänä ikkunan takaa. Kipu koputtaa sisältä.

Marja katsoo kattoon. Siellä ei ole mitään. Myös pää on tyhjentynyt paljosta. Tarpeellista on enää vähän. *"Minä olen Herran palvelijatar. Tapahtukoon minulle niin kuin sanoit."* Pastori luki tulevan pyhän evankeliumiin käydessään iltapäivällä. *"Taivaallinen Isä, me pyydämme, että saisimme niin kuin Maria olla kokonaan sinun käytettävissäsi..."* Niin he rukoilivat. Se tuntuu nyt kaukaiselta. Ihmisen elämä ei aina taivu kirkkovuoteen eikä hapuileva usko katekismuksen mukaiseen malliin.

Ajatus, että lapsi syntyisi naisesta ilman miestä, on Marjalle vieras. Tai että joku olisi täysi ihminen, mutta ilman syntiä. Kuka ei vähintään ajatuksissaan harhaile välillä väylän ulkopuolella?

Kipu tuikkii. Onneksi pian saisi uuden annoksen lääkettä. Niin, että jaksaa tämän illan ja illan perään yön.

"Minä olen Herran palvelijatar." Se tässä lepää, jaksamatta uskoa yli huokauksen.

Ja kuitenkin tuohon uskoon Marja ripustautuu. Siihen, mikä ei ole käsittämistä, vaan turvautumista. Mikä on, kun oikein mitään ei ole. Toivoon, että Jumala kuitenkin tuli ihmiseksi ja siksi ymmärtää.

"Minä uskon Jumalaan, Isään, Kaikkivaltiaaseen..." Jo rippikoulussa mieleen syövytetty uskontunnustus. Kirkon yhteinen usko, josta voi olla osallinen myös silloin, kun ei itse ymmärrä ja jaksa. Ihmistä suurempi ja sen takia enemmän kuin henkilökohtainen.

Kello raksahtelee seinällä. Askelet käytävällä menevät ohi. Hiljainen huone, sairaus ja nainen. Jumala ei ole kaukana.

HERRA VARJELKOON!

Urho makailee.

Niin aika sairaalassa kuluu, on sitten itsenäisyyspäivä tai mikä hyvänsä päivä.

Televisiossa kerma valuu Linnan juhliin. Mahtavat hikoilla.

Naapuripetin parikymppisellä Jannella on vieras. Nätti ja vaalea.

Urho hymähtää. Se nuoruus.

Sairaala vaikuttaa lepäävän rauhassa,

mutta Urhon mieleen palaa toisenlainen itsenäisyyspäivä.

Syväri 1943, vartiomiehen yksinäisyys pimeässä, jokaista kahahdusta epäillen. Pelko vihollisen partiosta ja vangiksi sieppaamisesta.

"Sinä katat minulle pöydän vihollisteni silmien eteen."

Sotavuosina psalmin sanat olivat tuntuneet jotenkin irvokkaan tosilta, kun oli päästy rokan ääreen ja levähtämään.

Rintamalla Urho muisti rukoilleensa.

Rukoilleensa sitä, ettei ihmisten tarvitsisi kyyhöttää taisteluasemissa toisiaan kyttäämässä. Urhon oli tarvinnut vielä monta kertaa, unissa vuosienkin jälkeen.

Naapuri-Jannen ei ole tarvinnut. Kunpa ei koskaan tarvitsisikaan.

Urho vilkaisee silmäkulmasta nuorta paria. Heille itsenäisyys on näyttänyt toisenlaisena kuin Urholle. Itsenäisyyspäivääkin he juhlistaisivat omalla tavallaan, ja hyvä niin.

Kipu rouskuttaa jalkaa, mutta Urhoa hymyilyttää.

Rupesivat hyväkkäät pussailemaan.

Herra varjelkoon! Hän varjelkoon heidät hyvin.

TÄHTITAIVAS PÄÄLLÄ

Juhlaruno Hatanpään kantasairaalan kappelin
käyttöönsiunaamisjuhlassa 29.11.2010

Sairaala on harmaa,

säryn kipunoita sinne tänne

antibiootteja ja kalaa

löysällä muusilla

jälkiruuaksi toive

että maa aukeaisi ylöspäin.

Tulisi kirkas yö, olisi tyyntä

ja tähtitaivas päällä.

Kysyn, olenko tiellä

hoitajat täällä vakuuttavat

olen Hatanpäällä

tiellä kotiin, Koukkuun tai taivaaseen.

Yöstä tulee kirkas,

mutta kulkijalle kylmä.

Pimeän tarinat värähtelevät

toisilla taajuuksilla,

järjen säde ei niitä lue,

ne vievät kuun kääntöpuolelle,

peilisaleihin ja mansikkapelloille

maistamaan oudot marjat

päättyvät tosiin kuviin.

Aamuvalo

kuvioina kappelin lasipinnoilla

ryövärin kuvajainen

Jumalan läsnäolovalo maanantaina
hiilikaivosvuodenaikaan

seinillä on huulet,

niiden puhe sanatonta ja pyhää

keskeneräiset ja valmiiksi kirjoitetut kertomukset
sikin sokin

minäkin

tähtitaivas päällä.

Olen tässä. Toteudun.

Minne valo menee täältä?

JULKAISUTIETOJA JA MUUTA TAUSTAA TÄMÄN KIRJAN JUTUILLE

SYYS

Taas on syksy: *Vilppulan Joulu 2003.*

"Lylystäkin haluamme junaan": *Paarlahden leveydeltä* – blogi (paarlahti.blogspot.com) 16.9.2015 osana tekstiä *Vilppulastakin haluamme junaan.*

Jonakin alkusyksyn iltana: *Ruoveden Joulu 1988,* julkaistu myös toimittamassani teoksessa *Palstakirja. Neljän polven istutuksia* (2016). Ensimmäinen kirjoitukseni, joka on ilmestynyt jossakin joulujulkaisussa.

VARSINAISIA ENKELEITÄ

Kiskobussi kolkuttaa: *Vilppulan Joulu 2010.*

Joka paketilla päivänsä: *Ruoveden Joulu 1997.*

Kuvien keskellä: *Mäntän Joulu 1997.*

Maalla on vankila: *Vilppulan Joulu 2004.*

Ja niin joulu joutui jo...: *Mäntän Joulu 2002* tekijänimellä **NikoDee.**

Varsinaisia enkeleitä: Aikaisemmin julkaisematon.

Äiti nukkuu nurmikolla: *Mäntän Joulu 2005.*

JOULU SIAN NÄKÖKULMASTA

Muistatko lumiäijän: Aikaisemmin julkaisematon.

Sitä joulua en muista: *Lumilyhty. Maskun Lions Clubin joululehti 1989 joka talouteen Maskussa.* Kontribuutioni tuolloisen asuinkuntani joululehdistöön.

Joulu sian näkökulmasta: *Mäntän Joulu 2000.* Daadan joulupakina, tekijänimellä **Daniel "Daada" Virtanen.**

NIEMISIÄ

Enkelit ovat menneet jo: *Mäntän Joulu 1997,* julkaistu myös *Paarlahden leveydeltä* –blogissa 23.12.2015. Tarinan lähtökohtana oli, kun eräänä jouluaamuna todella poikkesin Osuuspankin maksuautomaatilla hoitamassa pari laskua matkalla toimittamaan jumalanpalvelusta.

Juhlayö: Aikaisemmin julkaisematon. Perustuu jouluaattona 1994 Vilppulan kirkossa pitämääni narratiiviseen saarnaan.

"Get Into The Comfort Zone": *Mäntän Joulu 2001.* Jutun nimi on poimittu vielä tuohon aikaan *ilmestyneen Suomen kulkuneuvot* – julkaisun (kansan suussa *Turisti*) kannessa olleesta mainoksesta. Tarinassa on mukana totta sen verran, että siinä kerrottu bensanostoepisodi tapahtui joskus menneillä vuosikymmenillä sedälleni **Kimmo Paarlahdelle** (1930-1988). Tekstin pohjalta toteutettu kuulokuva esitettiin Radio Keski-Suomen *Taivaskanava*-ohjelmapaikalla vuonna 2003. Siinä **Vilho Mäkinen** ja **Sanna-Leena Paarlahti** esittivät lyhyet Kallun ja kauppiaan rouvan roolit.

Kadonnut lammas: Aikaisemmin julkaisematon.

Voodoo Chile: Aikaisemmin julkaisematon.

Juhlayö, Kadonnut lammas ja Voodoo Chile olivat työhuoneestani löytyneellä disketiltä, jolta sain ne pelastettua talteen. Olin onneksi ostanut reilut kymmenen vuotta sitten ulkoisen diskettiaseman, joka suostui lukemaan muinaista tallennusvälinettä.

Nieminen on hahmo, joka on seikkaillut kirjoituksissani vuosia. Tätä kokoelmaa koostaessani huomasin hänellä olevan lapsia, vaikka myöhemmin hän esiintyy lapsettomana. No, olenpa onnistunut kertaalleen tappamaankin hänet eräässä toisaalla julkaistussa novellissa, joten hänessä on muutenkin joitakin ajan ja arjen ylittäviä ominaisuuksia. Miehen etunimi on Ensio.

Viimeinen lounas: Kirjoitettu tarjolle tekstibaariin, jonka Kirjoittajayhdistys Kapustarinta ry toteutti Turussa vuonna 2016 järjestetyillä H2Ö-festivaaleilla. En tiedä, tilasiko sitä kukaan. Jutun taustana on se, että on olemassa meitä, joiden ammattitautina on, että ravintolassa salia ja saluunan ovea on voitava pitää silmällä. Tämä johtaa joskus hankaliin tilanteisiin, kun esimerkiksi kolme ihmistä ei voi luontevasti aterioida istuen samalla puolella pöytää.

Kapustarinnan minuuttinovellikilpailun voitti muuten **Ali Heikkilä,** *KMV-lehden* toimittaja, jolta sain pienen, mutta tarpeellisen avun tätä kokoelmaa kootessani.

Ajatukset hiljentävät Mustan Pekan kohdalla: Aikaisemmin julkaisematon. Kirjoitettu alun perin 1990-luvulla nuorena traagisesti kuolleen lapsuuskaverin muistolle. Olkoon se sellaisena tämän kirjan kauneuspilkku. *Musta Pekka* on kapakka Tampereen Koikkarissa. Kuljen edelleen usein siitä sivuitse.

146

HYVÄ, LÄMMIN, HELLÄ

Olemme lainaa: *Vilppulan Joulu 2004.*

Tämän runon haluaisin kirjoittaa: *Ruoveden Joulu 2001.*

Hänen ihanissa silmissään: Vuosi 2015 jäi minulta pitkästä aikaa väliin, mitä tulee joululehteen kirjoittamiseen. Syitä olivat mm. internet, kirjantekokiireet, laiskuus ja keski-ikä. Tämä kesäinen kuvaelma Keurusselältä olisi voinut hyvinkin olla jossain joululehdessä. Se julkaistiin kuitenkin *KMV-lehdessä* 17.9.2015 osana mainittujen pitäjänsanomien 90-vuotisjuhlavuoden kirjoituskilpailun satoa tekijänimellä **Berit Härmä.**

Etsin suojaa: Aikaisemmin julkaisematon.

Kuinka Vastamörkö sai nimensä: *Mäntän Joulu 2001,* tekijänimellä **Pystis.** Alkuperäisessä jutussa oli tekstin lisäksi kuvituksena lankoni **Juha Sulinin** kaksi mainiota piirrosta. Rupesin joskus 1990-luvulla keksimään Vastamörkö-tarinoita lapsilleni iltasaduiksi. Päähenkilön lisäksi henkilögalleriaan kuului mm. pahamaineinen **Banaanihammas** (nimi johtui huonosta hampaiden harjaamisesta), tämän väkivaltaisuuteen taipuva puoliso **Violent**, salaperäisen käänteisuunin haltija **Galina Kaaleppi** (Banaanihammas oli tarkoitus muuttaa hyväksi penslaamalla häntä Pinus-planeetalla asustavien neulaskeijujen navasta saatavalla eliksiirillä ja vaikutus olisi saatu pysyväksi paahtamalla pahista tovi käänteisuunissa), konna **Osman Käämi**, verenhimoinen **Siperian Karju**, Vastamörön italialaisruokiin mieltynyt serkku **Pastamörkö,** viehkeä **Neulaskeiju Simo** (nimestään huolimatta tyttö niin kuin kaikki neulaskeijut; satuolentoina nämä ovat ajattomia ja siksi esimerkiksi kysymystä heidän lisääntymisestään on tarpeetonta pohdiskella sen enempää ja varsinkaan lapsille kerrotuissa iltatarinoissa) ja joukko muita hahmoja. Unohtamatta synkeässä Darlamooren linnassa majaansa pitänyttä Sumovaarin klaania... Valitettavasti tarinoista vain nyt julkaistu on saanut kirjallisen muodon.

Käsirauta: *Mäntän Joulu 1999.* Tarinan taustana on todellinen tapaus, joka sattui ollessani kurssilla Diabeteskeskuksessa Tampereen Kirjoniemessä keväällä 1997. Minä en ollut saunassa, vaan katsomassa sitä peliä.

Pikkukaupunki: *Mäntän Joulu 2000.* Juha Itkonen toimi vuonna 2000 Mäntän Joulun päätoimittajana. Hän on aina jotenkin pitänyt tästä runosta ja siteerannut sitä vuosien mittaan eri yhteyksissä. Siksi teksti ansaitsee paikkansa tässä kokoelmassa. Itkonen on ihmisiä, jotka ovat eri tavoin kannustaneet minua kirjoittamisessani matkan varrella ja olen muutenkin oppinut tuntemaan hänet ystävänä, johon voi aina luottaa. Myös urheilun ystävänä. Säkeet syntyivät kesällä 2000 Taidekeskus Honkahovissa pidettyyn tilaisuuteen, jossa minä, **Pekka Sairanen** ja **Heikki Vesterinen** luimme runojamme.

Syksy kasvattaa minut myrskyksi: *Näe hyvä lähellä. Maa- ja kotitalousnaisten Keskuksen julkaisuja no 196* (2013). "Dialektinen Tallinna" on peräisin **Jaan Krossin** kokoelmassa *Söerikastaja* (1958) olevasta runosta *Dialektiline Tallinn.*

TOTTA JA OIKEAA

"Taitaa olla tervasrosoakin": *Vilppulan Joulu 2009.* Alkuperäinen nimi *Metsämiehen katse – hetkikuva tai puolitoista yhdestä Vilppulan kävijästä.* Kesäilta lapsuuden mökkimaisemassa Ruoveden Jäminkipohjassa. Tätä kirjoittaessa se mänty seisoo vahvana.

Isoäidin virsi: *Mäntän Joulu 2002.*

Anninpäivät: *Paarlahden leveydeltä* –blogi 9.12.2014, otsikolla *Se ken tulee viimeiseksi.* Alkuperäinen otsikko lainailee muotonsa **Kari**

Nenosen vuonna 1988 ilmestyneestä kauhuromaanista. Päätin muuttaa otsikon tässä toiseksi.

Joulupukkihommia ja muita muistoja Virosta: *Vilppulan Joulu 2011.* Haapsalun sydänkäpysistä kirjoittamani runo on julkaistu alkuperäisen jutun yhteydessä ja myöhemmin kokoelmassani *Jäminkipohja Sundae* (2015).

Puun lumo, veden lumo: *Vilppulan Joulu 2005.* Jutun pohjana on ollut radion iltahartauteen tekemäni käsikirjoitus. Loppujakson olen muotoillut tätä julkaisua varten uudelleen.

KAIKKI TIET VIEVÄT

Kuolema tulee koputtamatta: Aikaisemmin julkaisematon. Teksti oli yhteen aikaan naulattuna työhuoneeni ilmoitustauluun Tampereen Hatanpään kantasairaalassa.

"Mitä sinä olet tehnyt joulun eteen": Aikaisemmin painettuna julkaisematon, mutta julkisesti pidetty saarna.

Sairaalassa tapahtuu: Aikaisemmin julkaisematon. Tämän kokoelman tuorein teksti on saanut lopullisen muotonsa lokakuussa 2016. Sairaalan kahvihuoneesta korvaan tarttunut hoitajan lausahdus yhdistyi siihen, että meillä todella oli jääkiekon Suomen mestarille annettava kiertopokaali eli Kanada-malja käymässä töissä yhtenä päivänä. Kohtasin sen osastolla B5. Välillä kävin kirjoittamassa tekstiä Reykjavikissa ja maaliin pääsin kotini kellarissa.

Sano äidille terveisiä: *Vilppulan Joulu 2006.*

Jumala ei ole kaukana: Hartauskirjoitus *KMV-lehdessä* 10.3.2016 otsikolla *Hiljainen huone, sairaus ja nainen.*

Herra varjelkoon: Kirjoitettu ja kerrottu Tampereen seurakuntayhtymän joskus 2000-luvun puolivälissä tekemää cd-tallennetta varten. Sitä jaettiin tiettävästi joulutervehdyksenä lähinnä vanhusten hoitolaitoksiin. Itseäni vastaan äänite ei ole tullut. Painettuna aikaisemmin julkaisematon.

Tähtitaivas päällä: Juhlaruno Hatanpään kantasairaalan kappelin käyttöönsiunaamisjuhlassa 29.11.2010. Aikaisemmin julkaisematon.

TEEMU PAARLAHTI (s. 1963 Janakkala)

Tampereen seurakuntien sairaalapastori ja Taivaan Isän perhospää Mänttä-Vilppulasta. Yksi matkalaukku Ruovedellä.

Kirjallinen puuhastelija, joka on tehnyt myös reilut kolmekymmentä Ylen Radio 1:n aamu- ja iltahartautta 1998-2013 ja kohtalaisen kasan ohjelmia Radio Keski-Suomen *Taivaskanavalle* 1998-2003. Menestynyt monissa kirjoituskilpailuissa, mm. Immi Hellén –lastenrunokilpailun voitto 2009 ja Tampereen aforismiyhdistyksen valtakunnallisen aforismikilpailun jaettu ensimmäinen sija 2016. Naimisissa Tampereen Iikan kanssa.

Omat runokokoelmat:

Taivas on harmaa Cadillac. Partisaanimusiikkia (Runogalleria 2000)

Vilppula, sielun tila. 571 neliökilometriä koillista leveyttä (MC-Pilot 2001)

Jäminkipohja Sunade BoD (2015)

Yhteiskokoelmat:

Vuoritiellä (Mäntän seurakunta 2002) Paarlahden runoja ja **Sami Salomaan** sävellyksiä.

Pekilon runot. Runo kohtaa kuvan (Pekilokustannus 2005) yhdessä **Pekka Sairasen** ja **Heikki Vesterisen** kanssa.

Teemu Paarlahden toimittamat teokset:

Tähtitaivaan alla. Mäntän seurakunnan 80-vuotisjuhllajulkaisu (Mäntän seurakunta 2001)

Monin kerroin äänessä. Mänttäläinen urkukirja (Mäntän seurakunta 2003).

Palstakirja. Neljän polven istutuksia (BoD 2016).

Lisäksi runoja, novelleja, artikkeleita ja kaikenlaista lehdissä ja kokoomateoksissa.

SISÄLLYS

PAARLAHDEN LEVEYDELTÄ

www.paarlahti.blogspot.com

Tartu kynään.

Kirjoita niin kuin haluat,

että maailma on.